강물

그녀는 남편에게 보내는 편지 맨 끝에 V.라고 자신의 이름
이니셜을 적었다. 그리고 이 편지를 파란색 봉투에 넣은 다음,
친언니에게 보내는 또 다른 편지와 함께 거실 테이블 위에
나란히 올려놓았다. 1941년 3월 28일 오전 11시경의 일이었다.
남편은 서재에서 글을 쓰고 있었고, 하녀는 한창 집안일을
하고 있었다. 그녀는 모피 코트 차림에 지팡이를 들고 집을
나섰다. 정원을 가로지르고 교회를 지나서 강으로 내려간
다음, 강변을 따라 근처의 큰 다리가 있는 곳까지 걸었다.
이웃 주민 몇 명이 그녀를 목격했지만, 평소처럼 산책
중이겠거니 하고 대수롭게 여기지 않았다. 봄이 되어 날씨는
따뜻했고 강물은 많이 불어 있었다. 그녀는 강둑에서 큼직한
돌멩이를 주워 코트 주머니에 집어넣었다.
그 강물은 지금도 우리 마음속에서 범람하고 있다.

Artist LEE WAN

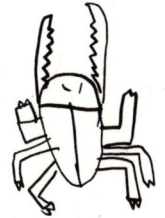

좋은 책을 만드는 이소노미아

여성의 직업

세 편의 에세이와
일곱 편의 단편 소설

버지니아 울프

Adeline Virginia Stephen Woolf

1882~1941

1900년 버지니아 울프는 신문에 서평을 투고하며 작가 인생을 시작했다.

그때 받은 돈으로 페르시안 고양이를 샀다.

자동차를 사야겠다는 생각에 소설을 썼다.

가난한 작가는 아니었다. 평생 책을 읽었으며 평론을 썼고

지식인 그룹과 교제했다. 1915년에 발표한 첫 소설 〈출항〉을 비롯해서,

〈제이콥의 방[1922]〉, 〈댈러웨이 부인[1925]〉, 〈등대로[1927]〉,

〈올랜도[1928]〉 등의 장편소설과 수십 편의 단편소설을 남겼다.

또한 〈자기만의 방[1929]〉, 〈3기니[1938]〉 등의 많은 에세이를 발표했다.

버지니아 울프는 소설가이자 비평가로 20세기 가장 위대한 모더니즘 문학의

기수로 기록된다. '한 잔의 술을 마시고 우리는 버지니아 울프의 생애와'

그 남편 레너드 울프를 이야기해야 한다. 남편 레너드 울프의 헌신과

숭고한 사랑 덕분에 울프는 정신병과 싸우면서 평생 글을 쓸 수 있었다.

그녀가 남편에게 남긴 마지막 문장은 이러했다.

"지금껏 우리보다

더 행복했던 두 사람은 없었을 거예요."

버지니아 울프

Adeline Virginia Stephen Woolf

여성의 직업

PROFESSIONS FOR WOMEN [1931]

세 편의 에세이와
일곱 편의 단편 소설

CONTENTS

유령의 집

A HAUNTED HOUSE [1921]

오, 이게 당신들이 숨겨 둔 보물인가요?
마음속의 이 빛이?

그 집에서는 문이 닫히는 소리가 납니다. 여러분이 몇 시에 깨든 말이지요. 그들은 손을 잡고서 방마다 돌아다녔습니다. 여기저기 뭔가를 들어 올리고 열어 보고 확인합니다. 유령 부부가.

"여기다 그걸 놔뒀는데." 여자가 말했습니다. 그러자 남자가 덧붙였지요. "오, 여기다가도!"

뿌리가 다르다는 것을 인식하지 못하고 그것을 동질로 보는 것입니다.

"위층에 있어." 여자가 속삭였습니다. "그리고 정원에도." 남자도 속삭였습니다. "조용히! 사람들 깨울라." 그들이 말했습니다.

하지만 당신네가 우릴 깨운 건 아니었습니다. 아무렴, 아닙니다. "그걸 찾고 있나 봐. 커튼을 치는군." 누군가는 이렇게 말하며 한두 페이지를 더 읽겠지요. 문득 책 여백에 펜을 내려놓고서는 "이제야 그걸 찾았구나." 이렇게 확신할지도 모릅니다. 그러다가 책 읽는 것도 더 이상 안되겠다며 자리에서 일어나 직접 찾아 나서는 사람도 생기지요. 집은 텅 비어 있었고 문이란 문은 모두 열려 있었습니다. 산비둘기들만이 기분 좋게 떠들고 농장에서 들려오는 탈곡기 소리가 윙윙거립니다. "내가 여기 왜 들어왔지? 뭘 찾으려고 했을까?" 나는 빈손이었습니다. "그럼 위층에 있으려나?" 사과는 다락에 있었습니다. 다시 내려왔을 때 정원은 여느 때처럼 조용했습니다. 책 한 권이 풀 위에 떨어져 있었을 뿐.

그런데 유령들이 거실에서 그것을 찾아냈습니다. 그들의 모습을 볼 수는 없었지만요. 유리창에서 사과가 비쳤습니다. 장미도 비쳤습니다. 유리 속 나뭇잎은 전부 초록빛이었습니다. 그들이 거실에서 돌아다닐 때 사과는 노란 면만 내보였습니다. 그러다 잠시 후 문이 열리면 바닥에 널브러지고 벽에 매달리고 천장에 달려 대롱거렸습니다. 대체 무엇이? 나는 계속 빈손이었습니다. 지빠귀 그림자가 카펫을 가로질렀습니다. 깊디깊은 침묵의 샘에서는 산비둘기가 꾸르륵 소리를 끌어냈습니다. "있어요, 있어요, 있어요." 집의 맥박이 부드럽게 뛰었습니다. "숨겨둔 보물이 있어. 그 방에……" 맥박이 갑자기 멈췄습니다. 아, 그게 숨겨진 보물이었을까?

잠시 후 빛이 희미해졌습니다. 그럼 저기 정원에 있을까? 하지만 떠돌아다니는 햇살을 향해 나무들이 어둠을 자아냈지요. 지면 아래로 서늘하게 가라앉은 너무나 가늘고 진귀한 햇살. 내가 찾은 그 햇살은 유리 뒤편에서 어김없이 타들어 갔지요. 죽음이 바로 유리였습니다. 죽음은 우리 사이에 있었습니다. 먼저 여자에게 찾아왔지요. 수백 년 전에 모든 창문을 봉인하고 집을 떠났습니다. 방마다 어둠이 내렸습니다. 남자는 집을 떠났습니다. 여자를 뒤로하고 북으로 동으로 향했습니다. 남녘 하늘에서 고개를 돌린 별들을 바라봤습니다. 그 집을 찾아냈습니다. 구릉 밑에 웅크리고 있던 집이 눈에 들어왔습니다. "있어요, 있어요, 있어요." 집의 맥박이 기뻐하며 고동쳤습니다. "보물은 당신의 것."

바람이 진입로를 따라 으르렁거립니다. 나무들이 이리저리 허리를 굽혔습니다. 달빛은 빗물에 무늬를 남기며 사방으로 퍼집니다. 하지만 램프 불빛은 창문에서 곧바로 내려오지요. 촛불이 조용히 꼿꼿하게 타고 있습니다. 유령 부부가 집 안을 여기저기 돌아다니며 창문을 열고 우리를 깨우지 않으려고 속삭이면서 그들의 기쁨을 찾아다닙니다.

"우리가 여기서 잤지." 여자가 말합니다. 남자가 이렇게 말을 보탭니다. "수없이 입을 맞췄지.", "아침에 일어나면—", "나무 사이로 은빛 햇살이 스며들고—", "위층에서—", "정원에서—", "여름이 왔을 때—", "겨울에 눈이 내리면—" 멀리서 문이 연이어 닫힙니다. 심장 고동처럼 조용히 두드리는 소리.

그들이 점점 가까이 옵니다. 문 앞에서 멈춥니다. 바람이 잦아들고 빗물이 유리창을 따라 은빛으로 흘러내립니다. 우리의 눈이 깜깜해집니다. 우리에겐 이제 발소리도 들리지 않아요. 유령 망토를 펼치는 여인도 보이지 않습니다.남자의 손이 램프를 가립니다. "봐봐." 그가 속삭입니다. "곤히 잠들었어. 사랑이 내려앉은 입술."

그들은 허리를 굽히고 우리 위로 은빛 램프를 드리운 채 아주 깊이 오랫동안 쳐다봅니다. 긴 시간 잠자코 있습니다. 바람이 불었고 불빛이 흔들립니다. 거친 달빛이 방바닥과 벽을 가로지르다가 고개를 숙인 그들의 얼굴에 얼룩을 남깁니다. 생각에 젖은 얼굴. 잠든 이들을 살펴보며 숨겨진 기쁨을 찾는 얼굴.

"있어요, 있어요, 있어요." 집의 심장이 자랑스럽게 고동칩니다. "긴 세월이었어—" 남자가 한숨을 쉽니다. "당신이 다시 나를 찾아냈지." 여자가 속삭입니다. "여기서 잠을 자고, 정원에서 책을 읽고, 다락에서 웃으며 사과를 굴리고. 우리가 여기다 우리 보물을 남겨뒀잖아—" 나를 굽어보는 불빛이 내 눈꺼풀을 올립니다. "있어! 있어! 있어요!" 집의 맥박이 요동칩니다. 잠을 깨면서 나는 외쳐요. "오, 이게 당신들이 숨겨 둔 보물인가요? 마음속의 이 빛이?"

인류를 사랑한 남자

THE MAN WHO LOVED HIS KIND [1944]

연극 〈템페스트〉 보셨나요?

그날 오후 프리켓 엘리스는 딘스 야드를 바삐 걸어가다가 리처드 댈러웨이와 정면으로 마주쳤다. 아니 그보다는 마침 지나가던 길에 어깨너머로 상대를 곁눈질하다가 얼결에 서로를 알아본 것이다. 두 사람은 근 이십 년 만에 만났다. 동창이었다. 엘리스, 근황은 어때? 변호사? 그래, 그렇지. 신문에 난 소송사건에 관심을 가졌었지. 그런데 이러고 길에서 얘기하긴 좀 그렇네만. 이따 저녁에 들르지 않겠나? (그들은 똑같이 예전 그 동네에서 살았다. 바로 길모퉁이 근처.) 한두 명 더 올 거야. 어쩌면 조인슨도 올 거고. "이제는 아주 잘 나가는 명사야." 리처드가 말했다.

"그럼 이따 저녁에 봐." 리처드는 이렇게 말하면서 갈 길을 재촉했다. 저 괴짜 녀석을 만나다니 아주 반갑군(진심이었다). 학교 다닐 때랑 하나도 안 변했어. 울룩불룩 통통한 꼬맹이 녀석이었는데 그때랑 똑같네. 편견으로 똘똘 뭉쳤지만 머리는 비상했지. 뉴캐슬 상을 받을 정도였으니. 그는 휙 하니 가버렸다.

반면 프리켓 엘리스는 고개를 돌려 댈러웨이가 사라져 가는 모습을 지켜보았다. 차라리 그와 마주치지 않았으면 좋았겠다 싶었다. 아니면 사적으로야 그를 쭉 좋아했으니 적어도 오늘 파티에 간다는 약속은 하지 말 걸 그랬다. 유부남인 댈러웨이는 파티를 자주 여는 부류였다. 파티 같은 건 영 엘리스의 취향이 아니었다. 차려입어야 할 테니까. 그래도 저녁이 가까워지자 아무래도 자기가 한 말도 있고 무례한 사람이 되긴 싫으니 가긴 가야 했다.

그나저나 이 얼마나 끔찍한 파티인가! 조인슨이 오다니. 그들은 서로 할 말이랄 게 아예 없었다. 어릴 때 그는 콧대 높은 아이였다. 점점 더 자만심이 강해지기만 했다. 파티장에는 프리킷엘리스가 아는 사람이 더는 없었다. 단 한 명도. 그렇다고 흰색양복 조끼 차림으로 바삐 움직이며 정신없이 파티를 이어가는댈러웨이에게 한마디 말도 않고 대뜸 갈 수는 없어서 멀뚱히서 있어야 했다. 그야말로 넌덜머리 나는 상황이었다. 지각 있는 어른들이 매일 밤 이러고 산다고 생각해 보라! 엘리스는 입을 굳게 닫은 채 벽에 기대 있었다. 면도한 듯한 울긋불긋한 뺨위로 주름살이 깊어졌다. 그는 진력을 다해 일하면서도 운동으로 건강을 유지하는 사람이었다. 마치 콧수염이 서리라도 맞은듯 매정하고 험악해 보였다. 그는 곧두서 있다. 불쾌했다. 변변찮은 옷차림 탓인지 단정치 않은 데다 볼품없는 말라깽이처럼보였다.

머릿속에는 아무 생각이 없고 치장만 한껏 한 채 한가하게 수다나 떠는 이 고상한 신사숙녀들은 끊임없이 떠들고 웃어댔다. 프리킷 엘리스는 그 모습을 바라보며 브루너 부부와 그들을 비교했다. 그 부부는 페너스 양조 회사와 붙은 재판에서 승소해 이백 파운드의 보상금을 받았다(그 액수는 부부가 받아야 할 금액의 반도 안 되었다). 그래도 보상금 중 오 파운드를 써서 엘리스에게 시계를 사 주었다. 그런 게 바로 품위 있는 처신이자 사람을 감동시키는 태도였다. 엘리스는 더욱 냉정한 눈빛으로 사람들을 쏘아보았다. 과하게 차려입고 냉소적이며 잘 먹고 잘 사는 인간들 아닌가. 그는 지금의 감정과 아까 오전 열한 시에 느낀 감정을 비교해 보았다. 연로한 브루너 부부는 제일 좋은 옷을 갖춰 입고선 더없이 단정하고 깔끔한 모습으로 오전에 그를 찾아와서는, 노신사 말씀으론 조그만 성의 표시라며 선물을 전해 주었다. 나무랄 데 없이 꼿꼿한 자세로 서서 엘리스가 담당한 소송에 감사를 전하며 유능한 처리 과정에 존경을 표했다. 브루너 부인도 이게 다 엘리스 씨 덕분이라는 말을 보탰다. 그들은 엘리스의 후한 마음씨에도 깊은 감사를 표했다. 물론 그가 수임료를 받지 않았기 때문이었다.

엘리스는 시계를 벽난로 선반 중앙에 두며 아무도 자기 얼굴을 보지 않기를 바랐다. 그런 것이 그가 일을 하는 이유이자 보상이었다. 그는 눈앞에 있는 사람들을 바라보았다. 그들의 모습이 자기 사무실에서의 장면 위로 겹치면서 더욱 두드러져 보였다. 그리고 그 장면이 차츰 희미해지자 — 브루너 부부의 모습이 서서히 사라지자 — 엘리스 자신이 그 장면의 잔상처럼 남았다. 초라한 옷차림을 한 채 적대적인 사람들을 노려보는 엘리스. 더없이 소박하고 순진한 보통의 사내이자 서민의 친구. (이 부분에서 그는 허리를 꼿꼿이 편다.) 으스대지 않고 기품을 지키는 사람, 자기감정을 숨기는 데 서툰 사람, 사회의 악과 부패와 비정함에 맞서는 사람. 그러나 그는 더 이상 노려보고 있지만은 않을 것이다.

이제 그는 안경을 쓰고 그림들을 감상했다. 일렬로 꽂혀 있는 책들의 제목도 읽었다. 대부분 시집이었다. 예전에 좋아했던 시집 몇 편을 다시 읽어봐도 좋을 것이다. 셰익스피어나 디킨스 같은. 그는 언제나 국립미술관에 들어가 보고 싶었지만 그럴 수가 없었다. 누구든 그럴 수 없었다. 세상이 이 지경인데 언감생심 그럴 시간이 어디 있겠는가. 하루 온종일 사람들이 도와달라고 아우성치는 마당에 어떻게 그러겠는가. 지금은 호사를 누릴 시절이 아니었다. 엘리스는 안락의자와 봉투 오프너, 고급 장정 책들을 보며 고개를 절레절레 흔들었다. 그런 것들을 누릴 시간이 없었다. 그는 마음이 내키지도 않거니와 사치를 부릴 여유도 없다고 생각했다. 여기 사람들이 엘리스가 얼마짜리 담배를 피우는지, 옷은 어떻게 빌려 입는지 알면 깜짝 놀랄 것이다. 그가 부리는 유일한 사치는 노퍽브로즈에 있는 조그만 요트였다. 그 정도가 자신이 감당할 범위였다. 그는 일 년에 한 번 사람들 곁을 훌쩍 떠나 들판에 누워 있기를 좋아했다. 고리타분하지만 이른바 자연에 대한 사랑을 통해 얻는 기쁨, 그리고 어릴 적부터 알던 나무와 들판에서 얻는 어마어마한 기쁨, 그걸 여기 있는 고상한 사람들이 안다면 얼마나 놀랄까.

이 고매한 사람들에겐 충격이겠지. 엘리스는 가만히 선 채 안경을 벗어 주머니에 넣으며 매 순간 자신이 점점 더 충격적인 존재가 되어가고 있음을 느꼈다. 그건 참 불쾌한 기분이었다. 자신이 인류를 사랑하며 일 온스에 고작 오 펜스짜리 담배를 피우고 자연을 사랑한다는 사실이 느껴지지 않았다. 그런 점을 자연스럽고 차분하게 실감할 수 없었다. 오히려 이러한 즐거움 모두 일종의 저항처럼 변해 버렸다. 그가 경멸하는 사람들이 그를 세워두고는 해명해 보라며 다그치는 것 같았다. "나는 평범한 사람이오." 그는 계속해서 외쳤다. 남사스러운 이야기이지만 이렇게 덧붙이기도 했다. "내가 인류를 위해 하루 동안 한 일은 당신들이 평생 한 것보다 많소." 그는 이제 걷잡을 수 없었다. 브루너 부부가 그에게 시계를 주었던 순간 같은 장면들을 계속 떠올렸다. 사람들이 자신의 인간성에 대해, 관대함에 대해, 그리고 그가 어떻게 타인을 도왔는지에 대해 말했던 아름다운 순간들을 끊임없이 기억해냈다. 그는 자신이 지혜롭고 아량 있는 인류의 종이라는 생각을 떨칠 수 없었다. 그는 이런 찬양의 말을 입밖으로 꺼내 거듭 얘기하고 싶었다. 자신의 선량함이 속에서 부글대기만 하니 기분이 좋지 않았다. 자신에 대한 사람들의 평가를 아무에게도 말할 수 없으니 더더욱 불쾌했다. 감사하게도, 그가 중얼거렸다. 내일이면 다시 일하러 간다. 하지만 여전히 슬쩍 나가서 집으로 돌아가는 일이 속 편하진 않았다. 머물러야 한다. 명분을 찾을 때까진 남아 있어야 해. 하지만 어떻게? 사람들로 북적이는 그 방에는 그가 말 붙일 사람이 하나도 없었다.

그때, 마침내 리처드 댈러웨이가 곁으로 다가왔다.

"오키프 양을 소개하겠네." 그가 말했다. 오키프 양이 그의 눈을 똑바로 쳐다보았다. 상당히 도도하고 퉁명스러운 태도의 삼십 대 여성이었다.

오키프 양은 얼음이나 마실 것을 달라고 했다. 음료를 갖다 달라는 그녀의 태도에 프리켓 엘리스는 불손하며 경우 없다고 느꼈다. 그녀에겐 그럴 만한 이유가 있었다. 이 무더운 오후에, 가난에 찌들고 지칠 대로 지친 한 여자와 두 아이들이 고급 주택가 주변 울타리에 몸을 기대고 안을 들여다보는 모습을 봤기 때문이다. 저들을 안으로 들일 수는 없을까? 오키프 양의 마음에 동정심이 일었다. 분노가 끓었다. 아니야. 순간 그녀는 스스로 따귀를 올려붙이듯 호되게 자신을 나무랐다. 세상의 모든 물리력을 동원해도 도리가 없어. 그녀는 그저 떨어진 테니스공을 집어 들어 밖으로 던져줄 뿐이었다. 세상 어떤 힘으로도 불가능한 일이잖아. 그녀의 말에는 분함이 묻어났다. 바로 이런 이유로 그녀가 생면부지의 남자에게 그렇게 명령조로 말한 것이다.

"얼음 좀 갖다 줘요."

그녀가 얼음을 먹는 동안 프리켓 엘리스는 아무것도 먹지 않은 채 그녀 옆에 서서는 파티는 십오 년 만에 처음 참석했노라고 말했다. 이 야회복은 매부한테 빌렸으며, 파티를 안 좋아한다는 말도 했다. 내친김에 자기는 보통 사람을 좋아하는 평범한 남자라는 말까지 덧붙였다면 마음이 한결 편해졌을지도 모른다. 그러면 브루너 부부와 시계 얘기도 그녀에게 했겠지(그러고는 나중에 창피해했겠지만). 그런데 그녀가 입을 열었다.

"연극 〈템페스트〉[1] 보셨나요?"

---

1   셰익스피어의 희곡 〈The Tempest〉. 셰익스피어의 마지막 작품으로 외딴섬에서 하루 동안 벌어지는 사건을 다룬다. 밀라노의 공작 프로스페로가 동생 안토니오와 나폴리의 왕 알론소의 모함에 의해 어린 딸과 함께 추방당해 폭풍에 휩쓸려 12년간 무인도에 살게 됐다. 프로스페로는 마법과 요정의 힘으로 폭풍을 일으켜 원수들을 섬으로 유인해서 복수를 도모했으나 결국 용서와 화해로 막을 내리는 이야기를 담고 있다.

(그가 〈템페스트〉를 본 적이 없다고 하자) 책은 읽었냐고 물었다. 그것도 안 봤다고 하자 그녀는 얼음을 내려놓으며 시를 전혀 안 읽냐고 물었다.

그러자 프리킷 엘리스의 마음속에 뭔가 불쑥 치미는 기분이 들었다. 이 젊은 여자의 목을 베는 거야. 학살의 희생자처럼. 아무도 없이 의자 두 개만 있는 텅 빈 정원에 이 여자를 앉히고 싶어. 누구의 방해도 없이. 다들 위층에 있으니까. 들리는 것이라고는 와글와글 떠드는 소리, 웅성거리는 소리, 재잘대는 소리, 짤랑대는 소리뿐. 고양이 한두 마리가 살금살금 잔디밭을 가로지르고, 나뭇잎이 살랑거리며, 초롱꽃처럼 노랗고 빨간 과일이 이리저리 흔들리는 정원에서 말이야. 유령 오케스트라의 미친 반주처럼 들리겠지. 그들의 대화는 마치 아주 현실적이고 고통으로 가득한 것에 맞춰 연주되는 미치광이 해골 춤곡 같았다.

"정말 아름답네요!" 오키프 양이 말했다.

물론, 응접실 옆에 있는 이 아담한 잔디밭은 정말 아름다웠다. 하늘 높이 솟은 웨스트민스터의 탑들이 빽빽이 그 주변을 두르고 있는 그곳. 소음이 비껴간 정원은 고요했다. 그들에겐 고요한 자유로움이 있었겠지. 지친 여자와 두 아이들 말이다.

프리켓 엘리스가 파이프 담배에 불을 붙였다. 이걸 보면 그녀도 놀랄 것이다. 그는 일 온스에 오 펜스 반 페니짜리 독한 싸구려 담배를 파이프에 채웠다. 그러고는 요트에 누워 담배를 피우는 모습을 상상했다. 한밤중에 별이 수놓인 하늘 아래에서 홀로 담배를 태우는 자신의 모습. 파티장 사람들 눈에 비친 자신의 모습이 어떨지, 그는 그날 밤 내내 생각했다. 그리고 부츠 밑창에 성냥을 그으며 오키프 양에게 말했다. 여기서는 딱히 아름다운 게 보이지 않는다고.

"아름다운 걸 신경 쓰지 않나 보군요." 오키프 양이 말했다. (그가 연극 〈템페스트〉도 본 적이 없고 책도 안 읽었다고 하지 않았는가. 게다가 단정치 않은 행색에 덥수룩한 콧수염에 볼품없는 턱에 은 시계줄은 차고 있었으니.) 그녀는 돈 한 푼 들일 필요 없는 아름다움에 대해 생각했다. 박물관도 무료, 국립미술관도 무료. 자연도 무료. 물론 아닌 것도 있지. 그녀도 안다. 빨래는 누가 하고 밥은 누가 하고 애들은 누가 보겠는가. 그러나 진리는 있는 법. 다들 입밖에 내길 두려워하는 그것은 바로 행복이란 매우 저렴하다는 것이다. 공짜로 행복을 얻을 수도 있다. 아름다움도 그렇다.

프리켓 엘리스는 이 창백한 얼굴의 퉁명스럽고 도도한 여자가 아름다움을 갖도록 내버려두었다. 그러고는 독한 담배를 뻑뻑

피우면서 그날 자신이 한 일을 이야기했다. 여섯 시에 기상했고, 면담을 몇 차례 한 것과 불결한 빈민가의 하수구 냄새를 맡은 것, 그리고 법정에 간 것까지.

여기서 그는 망설였다. 자신이 했던 일들을 얘기하고 싶었다. 하지만 그런 마음을 억누르며 더욱 신랄하게 말을 이어갔다. 잘 먹고 잘 차려입은 여자들이 아름다움에 대해 떠드는 소리를 듣는 게 신물난다고(오키프 양의 입술이 씰룩거렸다. 그녀는 야윈 데다 옷차림도 수준 이하였다).

"아름다움이라!" 그가 말했다. 유감스럽게도 인간을 제외한 아름다움은 이해하지 못한다고 덧붙이면서.
그들은 불빛이 너울대는 텅 빈 정원을 응시했다. 고양이 한 마리가 정원 한복판에서 한 발을 든 채 머뭇거렸다.

인간을 제외한 아름다움이요? 그게 무슨 뜻이죠? 그녀가 갑자기 질문을 던졌다.

바로 이런 것이죠. 그는 점점 흥이 나서 브루너 부부와 시계 이야기를 들려주었다. 은근히 자랑하면서. 바로 그런 게 아름다운 겁니다.

그의 이야기를 들으며 그녀는 형언할 수 없는 공포를 느꼈다. 우선 그의 자만심에 오싹해졌다. 인간의 감정에 대해 말할 때 드러나는 무례함도 무서웠다. 그야말로 모욕이었다. 세상 누구도 자기가 인류를 사랑했음을 증명한다 떠들 수 없었다. 그런데 그는 그런 이야기를 하는 것이다. 노신사가 얼마나 똑바로 서 있었고 어떻게 말했는지를. 눈물이 났다. 그녀에게 누구라도 그런 말을 한 적이 있었는가. 그러나 한편으로 그녀는 이것이야말로 영원한 인류의 운명일 수밖에 없다고 느꼈다. 인간은 저 시계에 관한 감동적인 장면 그 이상에는 절대 다다르지 못하리라. 프리켓 엘리스들에게 찬사를 아끼지 않는 브루너 부부들. 세상의 프리켓 엘리스들은 자신이 어떻게 인류를 사랑했는지 끝없이 떠들 것이다. 그러면서 언제나 게으르고 타협하며 아름다움을 두려워하겠지. 그래서 혁명이 일어난 것이다. 게으름과 두려움에서 벗어나려는 혁명, 감동적인 장면에 대한 집착에서 벗어나려는 혁명. 그러나 여전히 이 남자는 브루너 부부한테서 기쁨을 얻고 있다. 그리고 그녀는 고급 주택가에 들어오지 못하는 가난하고 가난한 여자들로 인해 언제까지나 고통받을 운명이었다. 그래서 그들은 말없이 앉아 있었다. 둘 다 몹시 불쾌했다. 프리켓 엘리스는 자기가 한 말로도 아무런 위안을 얻지 못했다. 그녀의 가시를 빼내기는커녕 도리어 문질러 넣어버렸다. 그가 느낀 그날 아침의 행복이 엉망이 되고 말았다. 오키프 양은 혼란스럽고 짜증이 났다. 머릿속이 맑아지는 대신 진창에 빠진 것이다.

"저는 지극히 평범한 사람 같습니다." 그가 자리에서 일어나며 말했다. "똑같이 평범한 인간을 사랑하는 그런 사람 말입니다."

그러자 오키프 양이 외치다시피 말했다. "저도 마찬가지예요."

똑같이 인간을 사랑하는 이 두 사람은 서로에게 혐오감을 느꼈다. 환멸을 느끼는 고통스러운 저녁 시간, 그 시간을 선사한 저 집안의 모든 사람에게 증오가 일었다. 그렇게 인류를 사랑한 두 사람은 자리에서 일어나 한마디 말도 없이, 영원히 헤어졌다.

견고한 것

SOLID OBJECTS [1920]

그곳에는 존이 찾던 물건이 종종 눈에 띄었다.
내버린 것,
누구에게도 쓸모가 없는 것,
볼품없어진 것,
폐품이 있는 곳이었다.

시원스럽게 펼쳐진 반원 모양의 해변. 움직이는 것이라고는 작고 까만 점 하나. 뼈대만 남은 정어리 어선을 향해 다가갈수록 검은색에서 희미한 형태가 보인다. 점점 다리가 네 개 있다는 게 분명해지며 그 거뭇한 점이 젊은 두 사내라는 것이 시시각각 확실해졌다. 모래밭 배경의 윤곽만 보더라도 그들이 발산하는 활기가 뚜렷이 전해졌다. 몸이 붙었다 떨어졌다 하는 데서 뭔가 미미하지만 말로 표현할 수 없는 생기도 느껴졌다. 작고 둥그런 머리에 붙은 조그마한 입으로 격론을 벌이는 모양이었다. 유심히 봤을 때 오른쪽 사람이 지팡이로 모래밭을 연거푸 찔러 대는 것으로 보아 짐작이 틀림없었다.

"나한테 하려는 말이…… 정말로 믿는다는 거지……" 그러니까 파도 곁에서 움직이는 오른편 지팡이가 모래에다 길게 직선을 그어 대며 뭔가를 강력히 주장하는 것 같았다.

"빌어먹을 놈의 정치!" 왼쪽에 있는 몸에서 또렷한 소리가 터져 나왔다. 그 말과 함께 두 화자의 입과 코, 턱, 짧은 콧수염, 트위드 모자, 투박한 부츠, 수렵복, 체크무늬 긴 양말이 차츰 분명하게 드러났다. 파이프에서 담배 연기가 피어올랐다. 끝없는 바다와 모래 언덕에서 그 어떤 것도 이 둘의 신체만큼 견고하고 생기 있고 굳건하고 붉게 빛나며 덥수룩하고 힘찬 것은 없었다.

그들은 뼈대가 여섯 대 남은 검은색 정어리 어선 옆에 털썩 앉았다. 다들 그렇듯 몸을 뿌리치는 방법으로 언쟁에서 벗어나려는 모양이다. 격앙된 분위기에 용서를 구하는 듯. 몸을 주저앉히고 자세를 풀면서 뭔가 새로운 것 — 뭐가 됐든 바로 옆에 손 닿는 것 — 과 친해질 준비가 되었음을 표현하는 것이다. 그래서인지 한 팔백 미터쯤 지팡이로 해변을 난도질했던 찰스가 납작한 점판암 조각으로 물수제비를 뜨기 시작했다. 그리고 "빌어먹을 놈의 정치!"라고 외쳤던 존은 손으로 모래밭을 깊이 파내려 갔다. 손이 점점 더 깊이 내려가 손목까지 들어가자 그는 소매를 조금 더 위로 끌어올려야 했다. 뜨거웠던 그의 눈빛이 누그러들었다. 아니, 그보다는 어른의 눈빛에 심오한 깊이를 더하는 사색과 경험이 이면에 있다가 슥 사라지면서 아이들의 눈빛이 보여주는 경이감 가득한 맑고 투명한 표면이 드러났을 뿐이다. 모래밭에서 굴을 파는 행동은 틀림없이 이런 부분과 관련이 있었을 것이다. 존은 뭔가 기억이 났다. 조금 더 파내려 가면 질금질금 흘러나온 물이 손가락 끝에 닿는다. 그러면 파고 있던 구멍은 마치 성곽을 둘러싼 참호처럼 된다. 혹은 우물이 되고 샘이 된다. 바다로 이르는 비밀 수로가 된다. 존은 그중에 뭘 만들지 고르면서 물속에 잠긴 손가락을 계속 꼼지락거렸다. 뭔가 딱딱한 것 — 단단한 물건 한 덩어리 — 이 손에 닿았다. 울퉁불퉁한 그 큼직한 덩어리를 모래 속에서 뽑아냈다. 겉에 묻은 모래를 닦아내자 엷은 초록빛이 드러났다. 유리 조각이었다. 하도 두꺼워서 유리 특유의 투명함이 없다시피 했다. 바다는 유리 조각의 가장자리도 형태도 말끔히 깎아서 매끈하게 만들었다. 애초에 그게 병인지 큰 컵인지 유리창인지 당최 알수가 없었다. 그저 유리였을 뿐이다. 보석용 원석이나 마찬가지였다. 금테로 두르거나 구멍을 뚫어 선을 끼우면 그대로 장신구가 되기에 충분했다. 목걸이 장식이거나 흐릿한 초록색 반지 같은 것. 어쩌면 그건 정말로 보석이었을 것이다. 노예들이 노를 젓는 배에 몸을 실은 어둠의 공주, 그녀가 배 뒤편에 앉아 만을 지나는 동안 노예들의 노랫소리를 들으며 손가락으로 물을 쓿고 갈 때 끼고 있던 그런 것. 아니면 바다에 가라앉은 엘리자베스 여왕 시대의 보물 상자, 옆면이 깨진 채로 이리 뒹굴 저리 뒹굴 계속 굴러다니던 상자 속의 에메랄드가 결국 뭍에 다다른 건 아닐까. 존은 그 유리 조각을 손 안에서 뒤집어도 보고 들어서 빛에 비춰 보기도 했다. 그가 들어 올린 들쭉날쭉한 형태의 유리 조각에 친구의 몸과 쭉 뻗은 오른팔이 완전히 가려졌다. 하늘에 대고 들어 올리거나 친구의 몸 쪽으로 들어 올릴 때마다 녹색이 슬쩍 엷어졌다 진해지곤 했다. 존은 그 물건이 마음에 들었다. 어리둥절한 기분도 들었다. 어렴풋한 바다와 흐릿한 해변에 비한다면 너무나 단단하고 너무나 옹골지고 너무나 확실한 물건이었다.

그즈음 한숨 소리가 끼어들었다. 땅이 꺼져라 내쉬는 결정적인 한숨. 그 덕에 존은 자기 친구 찰스가 근처에 있는 납작 돌멩이란 돌멩이는 죄다 던져 버렸거나 아니면 던지는 게 아무 쓰잘머리 없는 짓이라는 결론을 내렸다는 걸 알게 되었다. 둘은 나란히 앉아 샌드위치를 먹었다. 다 먹고 나서 몸을 털고 일어났을 때 존이 유리 조각을 들고는 말없이 살펴보았다. 찰스도 자세히 보았다. 하지만 그게 납작하지 않다는 것을 확인하자마자 파이프 담배를 채우면서 바보 같은 생각 따위를 쫓아 버리듯 목소리에 힘을 실어 말했다.

"아까 하던 얘기로 돌아가서 말이야……"

그 순간 존은 마치 망설이는 사람처럼 유리 조각을 잠깐 쳐다보다가 주머니에 슥 집어넣었는데 찰스는 그 모습을 보지 못했다. 아니, 봤다 한들 존의 행동을 눈치채기는 힘들었을 것이다. 존이 그 물건을 주머니에 챙기고 싶었던 마음 역시 아마 이런 충동의 발로였으리라. 말하자면 아이가 조약돌이 널린 길에서 돌 하나를 주워서는, 그 돌을 놀이방 벽난로 선반에서 따뜻하고 안전하게 지내게 해주겠노라 다짐하면서, 자신의 그런 행동을 통해 든든함과 다정함을 느끼며 뿌듯해하고, 무수한 돌들중에 선택받은 돌멩이가 그 사실을 깨닫자 이제 대로에서 추위에 떨며 축축하게 살아가는 대신 이 호사를 누리게 되어 그 심장이 기쁨으로 팔딱댈 것이라고 믿는 그런 충동. "여차하면 수

많은 돌멩이 중에 다른 녀석이 뽑힐 수도 있었지만 뽑힌 건 나였어. 바로 나였다고, 나!"

존의 머릿속에 이런 생각이 있었든 없었든 간에 그 유리 조각은 벽난로 선반에 자리를 틀고는 조금 쌓인 청구서와 편지 뭉치 위에 묵직하니 얹혀서 문진 역할을 훌륭히 수행했다. 뿐만 아니라 책을 보던 존의 시선이 책에서 벗어났을 때 자연스레 머무르는 정류장 역할도 했다. 뭔가 딴생각을 하면서 반쯤 넋을 놓고 계속 쳐다보고 있으면 어떤 물건이든 생각 속의 어떤 것과 완전히 뒤섞여 실제의 형태를 잃고는 예상치 못한 순간에 우리 머릿속에서 떠나지 않는 이상적인 형상으로 조금씩 다르게 재구성된다. 그래서 존은 산책을 나가면 어느새 골동품 가게의 유리창 쪽으로 다가가곤 했다. 딴게 아니라 그 유리 조각을 떠올리게 하는 뭔가를 보았기 때문이다. 도자기, 유리, 호박, 암석, 구슬 등 그 덩어리 안 깊숙이 꺼져가는 불꽃이 있음 직한 둥그스름한 물건이라면 뭐든, 심지어 선사 시대의 매끈한 새알을 보고도 그랬다. 그리고 걸으면서도 좀처럼 땅바닥에서 시선을 떼지 않았다. 특히 생활 폐기물을 버리는 공터 근처를 지나갈 때라면 유심히 땅을 살폈다. 그곳에는 존이 찾던 물건이 종종 눈에 띄었다. 내버린 것, 누구에게도 쓸모가 없는 것, 볼품없어진 것, 폐품이 있는 곳이었다. 고작 몇 달 만에 존은 네댓 개의 물건을 수집해 벽난로 선반에 두었다. 그것들 역시 요긴하게 쓰였다. 국회의원에 입후보해 빛나는 경력을 쌓을 참인 남자라면 잘 정리해 두어야 할 서류가 많은 법이다. 유권자 대상 연설문, 정책 선언문, 기부금 호소문, 만찬 초대장 등등.

어느 날 그가 유세 연설차 기차를 타려고 법학원 사무실을 나서려는데 큼지막한 법학원 건물 기초를 둘러싸고 있는 잔디밭의 작은 화단 가장자리 한 군데에 반쯤 가려져 있던 물건이 그의 눈에 띄었다. 그는 울타리 사이로 지팡이를 넣어 끄트머리로 그것을 건드려 볼 수밖에 없었다. 척 보기에 아주 범상치 않은 모양의 도자기 조각이었다. 모양이 불가사리와 흡사했다. 원래 그런 모양으로 만들어졌거나 우연히 그렇게 깨졌을 텐데 가지런하진 않지만 분명히 뾰족하게 생긴 다섯 개의 끝이 달린 생김새였다. 색은 대체로 푸른색이었는데 녹색 줄무늬 혹은 점 같은 것이 푸른색에 덧입혀져 있었다. 그리고 더없이 매혹적인 그 물건은 진홍색 줄무늬 덕에 더욱 강렬한 빛을 발했다. 존은 그것을 갖기로 마음먹었다. 하지만 지팡이로 툭툭 건드릴수록 그것은 점점 뒷걸음질 쳤다. 결국 사무실로 돌아가 임시변통으로 지팡이 끝에 철사 고리를 다는 수고까지 했다. 대단히 주의를 기울여 솜씨를 발휘한 덕에 마침내 도자기 조각을 손닿는 곳까지 끌고 왔다. 그는 그것을 손에 쥐면서 성공의 기쁨에 함성을 질렀다. 그 순간 시계가 울렸다. 약속을 지키기란 불가능했다. 그가 빠진 채 모임이 열렸다. 그나저나 이 도자기 파편은 어쩌다가 이런 신기한 모양으로 깨졌을까? 자세히 살펴보니 그 별 모양은 우연히 생긴 게 틀림없었고 그래서 더욱 신기했다. 그런 물건이 또 있을 것 같지 않았다. 모래밭에서 파낸 유리 조각이 놓인 벽난로 선반의 반대쪽 끝에다 둔 도자기 조각은 다른 세계에서 온 생명체 같았다. 어릿광대처럼 괴상하고 별난 존재랄까. 내키는 대로 반짝이는 별처럼 빛을 깜빡이며 우주를 휙휙 돌아다니는 것 같았다. 활기 넘치고 민첩한 도자기와 과묵하고 관조적인 유리가 빚어내는 대조된 특징이 존을 매료시켰다. 경이롭고 감탄스러운 두 물건을 보면서 존은 어떻게 이 두 개가 한 방에서 좁은 대리석 위에 서 있는 것은 말할 것도 없고 같은 세상에 존재하게 되었는지 궁금해졌다. 이 궁금증은 내내 풀리지 않았다.

이제 그는 깨진 도자기가 수두룩한 곳을 틈만 나면 찾아다니기 시작했다. 기찻길 사이의 폐허, 폐가가 있는 곳, 런던 근교의 공유지 등을. 하지만 높은 위치에서 도자기를 내던지는 경우는 좀처럼 없다. 사람이 그런 행동을 할 가능성은 희박하지. 그러려면 우선 고층 가옥이 있어야 하고, 밑에 누가 있건 개의치 않은 채 창문 밖으로 병이나 항아리를 냅다 던지는 무모한 충동과 불같은 적대감에 사로잡힌 여자가 있다는 전제 조건이 필요하다. 깨진 도자기는 흔하게 찾을 수 있었지만 어떤 의도나 특이사항 없이 집에서 벌어지는 사소한 사고로 깨진 것이었다. 그렇긴 해도 존은 탐색 과정에 더욱 몰두하는 동안 런던에서 찾아낸 무수히 다양한 형태의 도자기 파편만으로도 깜짝 놀라는 일이 많았다. 각각의 특징과 디자인의 차이를 경이로워하며 그것에 대해 고찰해 볼 이유가 아직 더 많이 있었다. 그러나 그가 집으로 가져와 벽난로 선반에 두는 최상의 조각들은 장식물로서의 임무가 막중해졌다. 왜냐하면 차분히 눌려 있어야 할 종이가 점점 더 줄어들었기 때문이다.

존은 자기 할 일을 등한시했다. 어쩌면 딴 데 정신이 팔린 채 임무를 수행했던 것이기도 하다. 그를 찾아온 선거구 주민들은 벽난로 선반에 펼쳐진 광경을 보고 탐탁지 않아했다. 어쨌든 그는 주민들을 대표하는 국회의원으로 선출되지 못했다. 찰스는 존의 낙선에 크게 슬퍼하며 한달음에 달려가 그를 위로했는데, 막상 보니까 정작 존은 큰 불운을 겪고도 별로 의기소침하지 않은 모습이었다. 찰스는 이 일이 워낙 심각한 사안이기에 존이 단번에 실감하기 힘들겠거니 짐작할 뿐이었다.

사실 존은 그날 반스 공유지에 다녀온 참이었다. 거기 있는 가시금작화 덤불 아래에서 아주 신기한 쇳조각을 발견했다. 유리 조각과 모양이 거의 똑같았고 묵직하고 동그랬지만 아주 차갑고 무거운 데다 시커먼 금속이어서 딱 봐도 지구에 어울리지 않았고 어디 죽은 별에서 온 것이거나 어느 위성에서 나온 쇠

찌끼 같았다. 주머니에 넣었더니 무게 때문에 푹 늘어졌다. 벽난로 선반도 묵직하게 눌릴 지경이었다. 쇳조각에서 냉랭한 기운이 뿜어져 나왔다. 그렇긴 해도 그 운석은 유리 조각과 별 모양 도자기 조각과 함께 한 선반에 자리했다.

존의 시선이 그 수집품을 하나하나 훑었을 때, 이것들을 훨씬 능가하는 것을 가져야겠다는 결심이 이 젊은 사내의 마음에 고통을 안겼다. 그는 더욱더 결연한 태도로 탐색에 매진했다. 만일 그가 원대한 야망에 사로잡히지 않았다면, 언젠가 새로 발견한 쓰레기 더미에서 보상을 받으리라는 확신이 없었다면, 몸이 고단하다거나 사람들이 비웃는다는 사실까지 갈 것도 없이 줄곧 그를 괴롭힌 실망감 때문에라도 진작 탐색을 포기했을 것이다. 그는 개조한 갈고리가 달린 기다란 지팡이 하나와 가방 하나를 들고 온갖 매장지를 샅샅이 뒤지고 다녔다. 관목이 덥수룩하게 엉켜 있는 곳 밑을 긁어 대고 자신이 찾는 물건이 버려져 있을 것으로 예상되는 온갖 오솔길이며 벽 사이의 공간이란 공간은 죄다 뒤지고 다녔다. 그의 기준이 점점 높아지고 취향이 까다로워짐에 따라 실망감도 걷잡을 수 없이 커졌지만 그래도 묘한 특징을 띠거나 희한하게 깨진 도자기나 유리 조각을 찾으리라는 희망의 빛은 그를 유혹했다. 하루하루 시간이 흘렀다. 그는 더 이상 젊지 않았다. 정치인 경력도 과거지사가 되었다. 사람들의 발길도 끊겼다. 너무 말수가 적으니 그를 정찬에 초대할 이유도 없었다. 그는 자신의 진지한 포부에 대해 누구에게도 말하는 법이 없었다. 그에 대한 이해가 부족하다는 게 사람들의 행동에서 고스란히 드러났다.

존은 지금 의자에 기대앉아 찰스의 모습을 지켜봤다. 찰스는 정부의 정무 수행에 관해 이야기하느라 열을 올리면서 벽난로 선반에 놓인 돌들을 십여 차례 들었다 놓았다 했다. 그 돌들의 존재에 대해서는 일말의 관심도 없었다.

"일이 어찌 된 거였나, 존?" 찰스가 갑자기 몸을 돌려 존을 바라보며 물었다. "대체 무슨 일로 모든 걸 순식간에 포기했지?"

"난 포기하지 않았어." 존이 대답했다.

"허나 자넨 이제 가망이 없어." 찰스가 거칠게 내뱉었다.

"그 부분은 동의할 수 없네." 존이 확신에 찬 목소리로 대꾸했다. 찰스는 존을 응시하면서 마음 깊이 불안감을 느꼈다. 엄청난 의구심에 사로잡혔다. 그는 두 사람이 서로 다른 이야기를 한다는 묘한 기분을 느꼈다. 끔찍하고 암울한 기분이 들어 그걸 털어내려고 주변을 둘러봤지만 방 꼴이 어수선해 되레 더 우울해지기만 했다. 저 지팡이는 뭐고 벽에 걸린 낡은 여행 가

방은 뭐란 말이야? 그리고 저 돌멩이들은? 존을 바라보는데 그의 표정에 뭔가 확고함이 서려 있고 아득한 기운이 느껴져 깜짝 놀랐다. 찰스는 존이 연단에 모습을 드러내는 일 자체가 불가능하다는 것을 너무나 잘 알고 있었다.

"예쁜 돌멩이네." 그가 애써 쾌활하게 얘기했다. 그러고는 약속이 있다고 말하며 존의 곁을 떠나 버렸다. 영영.

여성의 직업

PROFESSIONS FOR WOMEN [1931]

집안의 천사는 죽었습니다.
그러고 나니 뭐가 남았냐고요?
수수하고 평범한 어떤 대상이 남게 되었다고
말할 수 있겠네요. 허위에서 벗어난 그 여자는
오롯이 그녀 자신일 수밖에 없었습니다.

협회 간사님이 저를 초청하면서 그러시더군요. 여러분이 몸담은 협회가 여성의 취업에 관심이 있고, 그래서 저의 전문적 경험을 여러분에게 들려주면 좋겠다고요. 그렇습니다. 저는 여성입니다. 그리고 일하는 것도 맞습니다. 하지만 내 전문적 경험이 무엇일까요? 뭐라 말하기가 어렵네요. 저는 문학을 업으로 삼고 있습니다. 문학계는 연극계를 제외한 여느 다른 분야보다도 여성으로서 경험할 부분이 적습니다. 그러니까 여성에게만 특별히 해당되는 경험이 적다는 말이지요. 이런 문학 분야에는 오래전에 길을 터놓은 이들이 있습니다. 패니 버니[1], 에프라 벤[2], 해리엇 마티노[3], 제인 오스틴[4], 조지 엘리엇[5]을 비롯한 수많은 유명여성, 그리고 그보다 더 많은 무명의 여성과 잊혀간 여성들

---

1   Frances Burney 1752-1840, 패니 버니는 애칭. 영국의 소설가. 〈에블리나〉, 〈원더러〉, 〈세실리아〉 등을 썼다.

2   Aphra Behn 1640-1689, 영국 최초 여류 소설가 겸 극작가. 소설 〈오루노코〉와 여러 편의 희곡 및 단편을 썼다

3   Harriet Martineau 1802-1876, 영국 작가 겸 평론가. 첫 여성 사회학자이기도 하다. 연구서 〈정치 경제학의 실례들〉, 〈미국 사회〉, 소설 〈디어브룩〉 등을 썼다

4   Jane Austen 1775-1817, 영국의 소설가. 〈오만과 편견〉, 〈이성과 감성〉, 〈엠마〉 등을 썼다.

5   George Eliot 1819-1880, 영국 소설가. 본명인 메리 앤 에반스라는 이름 대신에 남자 이름의 필명으로 작품 활동을 했다. 〈미들마치〉, 〈플로스 강의 물방앗간〉 등을 썼다.

입니다. 나보다 먼저 길을 낸 그들은 그 길을 평탄하게 닦아 주었고 내 걸음걸음을 살펴 주었습니다. 그래서 내가 글을 쓰게 되었을 때 내 앞에는 물리적인 장애물이 거의 없다시피 했습니다. 글을 쓰는 일은 남부끄럽지 않고 남에게 해롭지도 않은 직업이었습니다. 펜을 끄적거린다고 가정의 평화가 깨지지도 않았습니다. 가계 통장에 손 벌릴 일도 없었습니다. 십 실링 육 펜스면 너끈히 셰익스피어의 희곡 전작을 쓰고도 남는 종이를 살 수 있으니까요. 마음만 먹는다면 말이지요. 피아노며 모델이며, 파리, 비엔나, 베를린, 스승이니 선생이니 이런 건 작가에게 필요가 없답니다. 원고용지가 저렴하다는 사실이 여성이 다른 직업으로 성공하기에 앞서 작가로서 성공한 이유입니다.

하지만 제 얘기를 해보겠습니다. 간단한 내용입니다. 여러분 마음속에 한 소녀를 그려 보기만 하면 됩니다. 침실에 앉아 손에 펜을 쥐고 있는 소녀예요. 소녀는 펜을 든 손을 연신 왼쪽에서 오른쪽으로 움직이기만 했습니다. 열 시부터 한 시까지요. 그때 소녀는 문득 어떤 생각을 했습니다. 간단하면서도 어쨌든 돈이 별로 안 드는 뭔가를 하는 거였지요. 끄적거린 종이 몇 장을 봉투에 슥 집어넣고 봉투 귀퉁이에 일 페니짜리 우표를 딱 붙인 다음 길모퉁이에 있는 빨간 통 안에 봉투를 툭 떨어뜨려 넣는 겁니다. 이런 식으로 저는 저널리스트가 되었답니다. 제 노력을 보상받은 건 그다음 달 첫날이었어요. 내게는 너무나 영광스러운 날이었지요. 편집자가 보낸 편지에는 일 파운드 십 실링 육 펜스짜리 수표가 들어 있었어요. 그런데 이런 말씀을 드리고 싶습니다. 나는 전문직 여성이라 불릴 자격이 없고 전문직 여성들이 살아가면서 겪는 고군분투와 어려움을 잘 알지 못합니다. 글을 써서 번 돈으로 빵과 버터를 사거나 집세를 내거나 구두와 스타킹을 사고 정육점 계산서를 치르는 대신, 저는 나가서 고양이 한 마리를 샀다는 말씀을 드릴 수밖에 없겠네요. 아름다운 페르시안 고양이였는데 얼마 지나지 않아 이 녀석 때문에 저는 이웃들과 심각한 불화를 겪게 되었답니다.

기사를 쓰고 거기서 얻은 수입으로 덜컥 페르시안 고양이를 사다니 그것만큼 세상 쉬운 일이 뭐가 있을까요? 아, 여기서 기사는 뭔가 제대로 된 내용을 담고 있어야 하겠지요. 제 기억으론 제가 쓴 기사는 어느 유명한 남자의 소설에 관한 내용이었어요. 그 소설의 비평 기사를 쓰는 동안 깨달은 게 있었습니다. 서평을 쓰려면 어떤 환영과 싸움을 벌여야 한다는 겁니다. 그 환영은 여자였습니다. 그녀에 대해 더 잘 알게 되자 저는 유명한 시의 여주인공 호칭을 따서 '집안의 천사'[6]라고 불렀습니다.

---

6   빅토리아 시대의 시인 코벤트리 팻모어(Coventry Pat more 1823-1896)의 대표작 〈집안의 천사(The Angel in the House) 〉에서 인용

비평 기사를 쓰는 동안 나와 내 글 사이를 찾아오곤 하던 존재가 바로 그녀였지요. 나를 애먹이고 내 시간을 허비하게 만들고 지독히도 괴롭힌 탓에 결국 내 손으로 죽이고 만 존재가 바로 그 천사였습니다. 저보다 더 젊고 더 행복한 세대인 여러분은 그녀에 대해 들어보지 못했을 겁니다. 집안의 천사가 무슨 뜻인지 모를 거예요. 제가 간략하게 설명해 보겠습니다. 그 천사는 공감 능력이 뛰어났습니다. 대단히 매력적이었고요. 철저히 이타적이기도 했습니다. 가정생활의 어려운 분야에서 탁월한 기량을 발휘했지요. 날마다 자신을 희생했고요. 닭고기가 있으면 싫든 좋든 다리를 먹었습니다. 외풍이 있으면 스며드는 바람을 맞고 앉아 있었고요. 말하자면 그녀는 그렇게 만들어진 존재라 독자적인 생각이나 소원을 품은 적이 없었습니다. 다만 언제나 다른 사람들의 생각과 소원에 공감하기를 원했습니다. 무엇보다도 — 굳이 말할 필요는 없지만 — 그녀는 순수했습니다. 그 순수함은 그녀에게 우러나는 최고의 아름다움이었다고 봅니다. 수줍어서 발그레해지고 더없이 우아한 모습을 띠었지요. 그 당시 빅토리아 여왕 시대 말미에는 집집마다 그런 천사가 있었습니다. 제가 글을 쓰게 됐을 때 바로 첫 몇 단어를 쓰면서 그녀와 만났습니다. 그녀의 날개 그림자가 원고지에 드리워지더군요. 그 방에서 그녀의 치맛자락이 스치는 소리가 들렸습니다. 어느 유명한 남자가 쓴 소설의 비평 기사를 쓰려고 펜을 쥐자마자 곧바로 그녀가 내 뒤로 스르르 내려와 속삭였습니다. "이봐요, 당신은 젊은 여성이에요. 당신은 남자가 쓴 책에 대해 글을 쓰고 있군요. 호의적인 마음을 가져 봐요. 살살해요. 듣기 좋은 말을 풀어놓고 속여 봐요. 우리 여성 특유의 교묘한 술법과 온갖 기예를 써먹어 봐요. 어느 누구도 당신이 자기 나름의 생각을 지녔다고 짐작하지 못하게 하세요. 무엇보다도 순수하게 말예요." 그녀는 마치 내 펜을 이끄는 것 같았습니다. 이제 제가 말씀드릴 일은 어느 정도 나한테도 공이 있다고 여기는 한 가지 행동입니다. 물론 정확히 말하면 제게 일정 금액 — 연간 오백 파운드라고 말씀드려야 할까요? —을 남겨 주신 훌륭한 선조분들께 공을 돌려야죠. 살아보겠다고 오로지 매력에만 매달릴 필요가 없었던 건 다 그분들 덕이니까요. 나는 그 천사에게 덤벼들어 목을 덥석 잡았습니다. 그녀를 죽이려고 안간힘을 썼습니다. 혹시 법정에 고발당한다면 내가 내세울 변명은 정당방위 차원에서 행동했다는 것이겠죠. 내가 그녀를 죽이지 않았다면 그녀가 나를 죽였을 테니까요. 그녀는 내 글에서 심장을 뽑아내 버렸을 테죠. 제가 직접 글을 쓰기 시작하면서 알아낸 사실이 있습니다. 소설 한 편이라도 비평을 쓰다 보면 누구든 반드시 자기 생각이란 게 생길 수밖에 없습니다. 인간관계, 도덕성 그리고 성에 대해 자신이 진리라고 생각하는 바를 표현하지 않고는 비평을 쓸 수 없지요. 집안의 천사에 따르면 이런 사안은 여성이 자유롭게 공개적으로 다룰 수 없는 문제라고 합니다. 모름지기 여성은 매력이 있어야 하고 환심을 사야 하고, 솔직히 말해서 성공만 한다면야 거짓말도 불사해야 한다네요. 사정이 이러니 나는 그 천사가 드리우는 날개 그림자라든가 원고지에 내리비치는 밝은 후광이라도 느껴질라치면 얼른 잉크병을 집어 들어 천사를 향해 냅다 던졌습니다. 천사는 여간해선 사라지지 않았지요. 그녀는 허상이라는 자신의 속성 덕을 톡톡히 보더군요. 실재하는 존재보다 환영을 죽이기가 몇 곱절 더 어려운 법이니까요. 내가 그 천사를 처치해 버렸다고 생각할 때면 어김없이 그녀는 스멀스멀 되돌아왔습니다. 기어이 그녀를 죽였다고 우쭐하긴 하지만 맹렬히 싸워야 했습니다. 그 전투에 들인 지난한 시간을 그리스어 문법을 익히는 데 썼거나 차라리 모험을 찾아 세계를 돌아다니는 데 썼으면 더 나았을 것입니다. 어쨌든 그건 실제 경험이었습니다. 그 당시에 글을 쓰던 모든 여성 작가에게 닥칠 수밖에 없는 경험이었지요. 집안의 천사를 죽이는 것, 그것은 여성 작가가 하는 일의 일부였습니다.

이 얘기를 계속해 보겠습니다. 그 천사는 죽었습니다. 그러고 나니 뭐가 남았냐고요? 수수하고 평범한 어떤 대상이 남게 되었다고 말할 수 있겠네요. 잉크병이 놓인 침실에 있는 젊은 여자였죠. 허위에서 벗어난 그 여자는 오롯이 그녀 자신일 수밖에 없었습니다. 아, 그런데 〈그녀 자신〉이란 무슨 의미일까요? 그러니까 여성이란 무엇입니까? 확실히 말씀드리는데 저는 잘 모르겠습니다. 여러분이 알리라고 생각하지도 않습니다. 인간의 모든 예술과 모든 직업 분야에서 자기 자신을 표현하지 못하는 한 그 누구도 알 수 없을 겁니다. 실로 이런 점 때문에 제가 여러분에게 경의를 표하는 마음으로 이 자리에 섰습니다. 여러분이야말로 여성의 본질을 탐구함으로써 우리 존재를 보여주고 있는 사람들이며, 실패와 성공을 통해 얻어지는 지극히 중요한 정보를 우리에게 전해주는 노정에 서 있습니다.

제 전문적인 경험에 대한 이야기를 계속 이어가지요. 저는 첫 번째 비평 기사로 일 파운드 십 실링 육 펜스를 벌었습니다. 그 수입으로 페르시안 고양이 한 마리를 샀고요. 그러자 내 야심은 점점 더 커지더군요. 페르시안 고양이라니 그것 참 좋구나, 하고 말했지만 페르시안 고양이 한 마리로는 충분치 않았습니다. 자동차를 꼭 가져야겠다 싶었죠. 저는 그렇게 소설가가 되었습니다. 사람들에게 이야기를 들려주면 자동차를 준다니 참 희한한 일이지요. 이야기를 들려주는 것만큼 즐거운 일이 이 세상에 없다니 그건 더더욱 희한한 일이네요. 유명 소설의 서평을 쓰는 것보다 훨씬 더 즐겁습니다. 그렇지만 제가 간사님의 청을 따라 소설가로서 전문적인 경험을 이야기해야 한다면 소설가인 내게 닥쳤던 아주 이상한 일을 들려드릴 수밖에 없습니다. 그 경험을 이해하려면 여러분은 우선 소설가의 마음 상태를 상상해 봐야 합니다. 제가 소설가의 최고염원이 가능한 무의식적이 되는 것이라고 말한다면, 이게 직업상의 비밀을 누설하는 건 아니겠지요. 소설가는 자기 자신을 끊임없는 무기력 상태로 끌어들여야 합니다. 소설가는 궁극의 고요함과 질서를 이어가는 삶을 원합니다. 날이 가고 달이 가도 똑같은 얼굴을 보고 똑같은 책을 읽고 똑같은 일을 하고 싶어 합니다. 그러면서도 글을 쓰고 있지요. 그 무엇도 자신이 몸담고 살아가는 환영을 깨뜨리지 않도록, 낯가림이 심하고 착각을 불러일으키는 상상력이라는 기운이 비밀스럽게 뭔가를 캐고 다니고 여기저기 더듬거리며 엄습하고 돌진하고 불현듯 찾아내는 그런 여정을 그 무엇도 방해하거나 동요를 일으키지 못하도록 말입니다. 이런 상태는 남성과 여성에게 똑같이 적용될 것 같습니다. 그렇기는 하지만 제가 무아지경의 상태에서 소설을 쓴다고 상상해 보셨으면 합니다. 손에 펜을 쥐고 앉아 있는 한 소녀를 마음속에 그려 보세요. 소녀는 펜을 쥐고 있지만 몇 분이고, 몇 시간이고 잉크병에 펜을 담그지 않습니다. 제가 이 소녀를 생각할 때 머릿속에 떠오르는 이미지는 깊은 호수 가장자리에서 낚싯대를 물 위로 드리운 채 꿈 속 깊숙이 잠겨 있는 낚시꾼의 모습입니다. 소녀는 저 깊숙한 곳에 가라앉아 있는 무의식적인 세상의 구석구석을 자신의 상상력이 제멋대로 휩쓸고 다니도록 내버려 두고 있었습니다. 그때 그 경험이 찾아왔습니다. 제 생각에 남자보다는 여자에게 훨씬 보편적으로 나타날 경험 말입니다. 낚싯줄이 소녀의 손가락 사이로 휘리릭 빠져나갔습니다.

소녀의 상상력이 쏜살같이 좇아갔지요. 덩치 큰 물고기가 선잠 자는 웅덩이와 깊은 골과 어두컴컴한 곳을 찾아냈습니다. 그리고 그때 대충돌이 발생했습니다. 폭발이 일어났습니다. 큰 물거품이 일어났고 혼란이 생겼습니다. 상상력이 뭔가에 세게 부딪혔던 겁니다. 소녀가 꿈에서 깨어났습니다. 실로 소녀는 너무나 격렬한 고통의 순간에 처했습니다. 있는 그대로 말하자면 소녀는 뭔가를, 몸에 대한 뭔가를, 여자인 자신이 입에 담기에 어울리지 않는 정욕에 대한 뭔가를 생각하고 있었습니다. 그녀의 이성이 말했습니다. 남자들이 충격받겠는걸. 자신의 정욕에 대해 솔직히 말하는 여자에 대해 남자들이 떠들 것을 의식하자 소녀는 예술가적 무의식 상태에서 깨어났습니다. 그녀는 더 이상 글을 쓸 수 없었습니다. 무아지경도 끝이 났고요. 그녀의 상상력이 더는 작동할 수 없었습니다. 이런 일이 바로 여성 작가가 겪는 흔하디흔한 경험이라고 생각합니다. 남성의 극단적인 인습성이 여성 작가의 발목을 잡습니다. 남자들은 이런 면에서 상당히 큰 자유를 누리는데도 정작 그들이 여성에게 부여되는 그러한 자유를 얼마나 맹렬히 비난하는지를 깨닫기나 할는지, 혹은 그 극도로 엄격한 비난의 잣대를 제어할 수나 있을지 의구심이 듭니다.

이 두 가지가 바로 제가 진짜로 경험한 일이었습니다. 저의 직업 생활 중에 일어난 희한한 두 가지 사건이었죠. 집안의 천사를 죽인 첫 번째 경험은 내 손으로 해결한 일이라고 생각합니다. 그녀는 죽었습니다. 그런데 나만의 경험을 솔직히 말하자면 두 번째 일은 내가 해결하지 못했다고 생각합니다. 어떤 여성도 아직 그 부분은 해결하지 못했을 것 같습니다. 여성은 여전히 어마어마하게 강력한 장애물에 가로막혀 있습니다. 그런데 그 장애물은 규정하기도 매우 어렵습니다. 겉보기에는 책을 쓰는 것만큼 쉬운 일이 있을까요? 표면적으로 남성 말고 여성에게 적용되는 장애물은 무엇일까요? 제 생각에 내부적으로는 사정이 사뭇 다릅니다. 여전히 여성의 주변에는 맞붙어 싸워야 할 환영이 널려 있고 넘어서야 할 숱한 편견이 포진해 있습니다. 죽여야 할 환영이든 부딪쳐 깨뜨려야 할 바위든 맞닥뜨리지 않고 가만히 앉아 책을 쓰기까지 여전히 오랜 시간이 걸릴 겁니다. 그리고 여성이 몸담은 모든 직업군 중에 가장 자유로운 문학계에도 이 상황이 적용된다면 이제 여러분이 처음 발을 내딛는 새로운 직업 세계에서는 상황이 어떻겠습니까?

시간이 있다면 이런 질문을 여러분에게 하고 싶습니다. 제가 이런 내 전문적 경험을 강조한 이유는 그런 경험이 비록 방식은 다를지라도 여러분의 경험이기도 하다고 믿기 때문입니다. 명목상으로는 길이 열려 있을 때조차도, 다시 말해 여성이 의사나 변호사, 공무원이 되지 못하도록 가로막는 게 아무것도 없을 때에도 여성의 앞길에는 수많은 환영과 장애물이 도사리고 있다고 생각합니다. 그게 무엇인지 논의하고 실체를 규정하는 것이야말로 대단히 가치 있고 중요한 일이라고 생각합니다. 함께 노력할 수 있어야만 난제가 해결될 수 있으니까요. 그런데 이 밖에도 우리가 어떤 목적과 목표를 위해 투쟁하고 있는지, 우리가 왜 우리 앞에 놓인 가공할 만한 장애물과 전투를 벌이는지도 논의할 필요가 있습니다. 그런 목표를 당연시할 수는 없습니다. 부단히 의문을 제기하고 검토해야 합니다. 이 상황 전체가 저로선 얼마나 많은지도 모를 다양한 직업 분야에서 역사상 최초로 전문적인 일을 하는 여성들에 둘러싸여 여기 이 강당에 있다는 것이 — 대단히 흥미롭고 의미 있는 일입니다. 여러분은 지금까지 남성의 전유물이었던 집에서 여러분만의 방을 차지했습니다. 크나큰 수고와 노력 없이는 힘들겠지만 집세를 낼 능력도 있습니다. 일 년에 오백 파운드를 벌고 있습니다. 허나 이런 자유는 시작에 불과합니다. 이제 방은 여러분의 것이지만 여전히 텅 비어 있습니다. 그러니 방 안에 가구를 갖춰야 합니다. 장식도 해야 하고요. 남들과 나누는 공간으로 만들기도 해야 하지요. 그렇다면 어떻게 그 방에 가구를 들일 건가요? 어떻게 꾸밀 건가요? 그 방을 누구와, 어떤 조건에 따라 함께 쓰겠습니까? 저는 이런 질문이야말로 제일 중요하고 흥미로운 사안이라고 생각합니다. 역사상 처음으로 여러분은 그런 질문을 던질 수 있습니다. 그 답이 무엇이어야 하는지 최초로 여러분 스스로 결정할 수 있습니다. 저는 기꺼이 시간을 내서 그런 질문과 대답에 대해 이야기를 나눌 용의가 있습니다. 헌데 오늘 밤은 아니고요. 시간이 다 되었네요. 저는 이쯤에서 마쳐야겠습니다.

어째서

WHY? [1934]

어째서 학자인 체하는 사람과 선각자를 없애지 않습니까?

왜 인간적인 교류를 하지 않나요?

어째서 시도하지도 않는 거죠?

〈리시스트라타〉[7] 창간호가 나왔을 때 대단히 실망했습니다. 양질의 종이를 쓴 데다 인쇄 상태도 아주 좋았거든요. 번듯하게 자리 잡은 잘나가는 잡지 같았습니다. 페이지를 넘길수록 서머빌[8]에 돈벼락이 떨어진 게 분명하다는 생각이 들었습니다. 그래서 나는 편집자의 원고 청탁에 응할 수 없다고 답할 참이었는데, 다행히 옷차림이 형편없다는 어떤 필자의 글을 읽었고, 다른 필자가 쓴 글을 통해 그 여자 대학이 여전히 힘도 명성도 부족하다는 사실을 알게 됐습니다. 그래서 나는 용기를 냈습니다. 그간 기회를 엿보며 꾹꾹 눌려 있던 무수한 질문들이 내 입으로 우르르 몰려나왔습니다. "지금이 기회야."

요즘 많은 사람이 그렇듯 나 역시 질문에 시달리고 있음을 밝혀야겠습니다. 길을 걸어가면서도, 도로 한복판에서도 끊임없이 '어째서?'라는 물음이 나오지 않고는 못 배기는 것 같습니다. 교회, 선술집, 의회, 상점, 확성기, 자동차, 윙윙대며 구름 속을 스쳐가는 비행기, 남자고 여자고 전부 질문을 불러일으킵니다.

---

7   영국 옥스퍼드 여자대학(서머빌: Somerville) 학생들이 발행한 잡지. 〈Lysistrata〉는 아리스토파네스의 희극의 제목이다. 버지니아 울프가 이 글을 〈리시스트라타〉 2호에 기고했다.

8   영국 옥스퍼드 대학의 여자대학

그런데 혼자 질문을 던진들 무슨 의미가 있겠습니까? 질문은 사람들 있는 데서 공개적으로 해야 합니다. 하지만 그렇게 사람들 앞에서 공개적으로 하는 질문을 가로막는 가장 큰 장애물이 있지요. 바로 부자들입니다. 질문 끝에 나오는 갈고리 모양의 기호 때문에 부자들의 심사는 뒤틀리지요. 권력과 명성이 잔뜩 무게를 잡고 질문을 나무랍니다. 그 때문에 민감하고 충동적인, 또는 대체로 바보 같은 질문들은 응당 질문 장소에 대해 눈치 보게 마련이지요. 그 질문들은 권력, 부, 전통이 조성한 분위기에 위축됩니다. 대형 신문사 문턱에서는 여러 개의 질문이 죽어나갑니다. 그러고는 슬그머니 내빼고 맙니다. 형편이 좋지 못해 줄 게 없고 권력이랄 것도 잃을 것도 없는 이들이 사는 소외되고 낙후된 지역으로 말이죠. 나는 계속 나를 괴롭히던 질문들을 이제 공정하게든 부정하게든 〈리시스트라타〉에서 물어볼 수 있다고 판단했습니다. 질문들은 이렇게 말했지요. "당신네가 우리 질문들을 자유롭게 던지리라 기대하지 않는다. 이를테면……" 질문들은 세간에 가장 인정받는 몇몇 일간지와 주간지 이름을 댔습니다. "여기는 물론 아니겠지." 이번에는 가장 신망이 있는 몇몇 기관의 이름이 나왔지요. "그런데 천만다행이야!" 불쑥 그들이 외쳤습니다. "여자대학은 젊고 가난하지 않나? 창의적이고 모험적이지 않을까? 새로운 뭔가를 만들어내려고 애쓰지 않겠나? 이를테면……"

"편집자가 페미니즘을 용납하지 않아." 나는 격한 어조로 끊고 들어갔지요.

"페미니즘이 뭐야?" 질문들이 이구동성으로 외쳤습니다. 내가 단번에 답하지 못하자 새로운 질문 하나가 내게 날아왔습니다. "이제는 시간이 됐다고 생각하지 않아? 새로운……"

하지만 나는 마음껏 사용할 글자 수가 고작 이천 자뿐임을 상기시키며 질문들의 말을 막았습니다. 그러자 그들은 한 발 물러나 자기들끼리 상의한 뒤에, 가장 간단하고 시시하고 빤한 질문 한두 가지를 내놔야만 한다고 요구하는 것이었습니다. 이를테면 이런 거지요. 학회 초대장이 오고 매 학기 시작을 알리는 대학 수업 시간에 어김없이 불쑥 튀어나오는 첫 질문. 강의는 왜 하는가? 강의를 왜 듣는가?

여러분에게 이 질문의 의미를 분명히 전하기 위해 예전 일을 하나 꺼내보겠습니다. 그 정황이 아직까지 선명하게 기억에 남아 있군요. 인간관계 때문이었는지 프랑스혁명에 관한 정보가 꼭 필요해서였는지 여하간 드물게도 어떤 강의를 꼭 들어야 했습니다. 빅토리아 여왕님 입장에선 통탄할 일이었겠지요. 강의 공간부터 이야기하자면 뭔가 이것저것 뒤섞인 모양새였습니다. 앉아 있을 공간도 아니었고 식사를 하는 곳도 아니었습니다. 아마 벽에는 지도 한 장이 붙어 있었을 것입니다. 강단에는 탁자가 하나 있었고 강단 아래 공간에는 좁고 딱딱하고 불편하기 짝이 없는 작은 의자들이 몇 줄 놓여 있었습니다. 서로 붙어 있기를 꺼리는 듯 띄엄띄엄 떨어져 있는 의자에는 남녀가 섞여 앉아 있었습니다. 공책이라도 있는 사람은 만년필을 톡톡 두드려 댔고 아무것도 없는 이는 황소개구리처럼 멍하고 얌전한 눈빛으로 천장을 응시했지요. 큼지막한 시계가 을씨년스러운 얼굴을 하고 있었습니다. 시각을 알리자 한 사내가 멍한 표정으로 성큼성큼 걸어 들어왔습니다. 신경질과 허영심이 묻어난 얼굴이었습니다. 그가 하는 일이 맥빠지고 고역스러운 탓인지 평범한 인간의 표정은 묻어 있지 않았습니다. 그 순간 동요가 일었지요. 그는 책을 한 권 집필한 사람이었습니다. 책을 쓴 사람을 만나는 것은 잠시나마 흥미로운 일입니다. 모두가 그를 주시했습니다. 머리가 벗어졌고 털도 많지 않았습니다. 입도 하나 턱도 하나. 말하자면 남들과 다를 바 없는 남자였습니다. 책을 한 권 썼다는 점만 빼면. 그는 목청을 가다듬고 강의를 시작했습니다. 인간의 음성은 다양한 힘을 지닌 도구이지요. 마음을 빼앗기도 달래기도 합니다. 격분을 토하기도 하고 절망을 표하기도 합니다. 그런데 강의는 지루해지기 십상이지요. 그는 충분히 그럴듯한 이야기를 들려주었습니다. 학식이 배어 있는 말에는 논거도 있고 일리도 있었습니다. 하지만 그의 목소리가 이어질수록 청중은 집중력을 잃고 헤맬 뿐이었습니다. 시계 전면

이 이상하다 싶을 만큼 창백해 보였습니다. 시곗바늘도 무슨 질환에 시달리는 듯했습니다. 통풍이라도 걸렸나? 부종이라도 생겼나? 지독히도 느리게 움직였습니다. 그런 시곗바늘을 보자니 겨울을 견뎌낸 다리 세 개 달린 파리가 고통스럽게 전진하는 모습이 떠올랐습니다. 평균적으로 얼마나 많은 파리가 영국의 겨울을 넘기고 살아날까요? 그 벌레가 문득 깨어나 보니 프랑스혁명 강의를 듣고 있는 신세였다면 과연 무슨 생각을 할까요? 이런 의문은 치명적이었지요. 흐름이 끊기고 말았으니까요. 한 단락이 전부 사라졌습니다. 강사에게 앞부분을 다시 얘기해 달라고 청해 봤자 쓸데없는 짓이겠지요. 그는 고집스럽게 꾸역꾸역 강의를 이어갔습니다. 프랑스혁명의 기원을 탐색하는 과정이었습니다. 그리고 파리에 대한 생각도 제 갈 길을 가고 있었습니다. 또다시 맥빠진 일장 강연, 세세한 항목을 다룬 내용이 전방 몇 미터 앞으로 다가오는 것이었습니다. "넘어가!" 우리는 간청했습니다. 허사였습니다. 그는 넘어가지 않았어요. 농담을 한마디 하긴 했습니다. 그러고는 다시 목소리가 이어졌지요. 문득 창문을 닦아야 할까 생각했습니다. 그때 한 여자가 재채기를 했습니다. 그의 목소리도 빨라졌습니다. 그리고 끝맺는 말이 나오고, 천만 다행히도! 강의가 끝났습니다.

인생은 한정돼 있는데 시간 한 뭉텅이를 어째서 강의 듣는 데 허비해야 하나요? 활자 매체가 발명된 지 수 세기가 지났건만 왜 그는 강의 내용을 출판하지 않았을까요? 그랬더라면 겨울날 불 가에서, 아니면 여름날 사과나무 아래에서 그 책을 읽고 곱씹으면서 토론할 수도 있었을 텐데. 어려운 개념은 곰곰이 생각하고 침을 튀기며 논쟁을 펼쳤을 테고, 그러면 강의 내용이 더 알차고 탄탄해졌을 텐데. 쉽사리 딴생각에 빠져서 턱이며 코며 재채기하는 여자들이며 파리의 수명이며 이런 데 신경쓰는 잡다한 청중의 주의를 끌기 위해 어떻게든 강의를 부드럽게 조절하려고 또 활기를 북돋워야 한답시고 내용을 되풀이할 필요도 희석할 필요도 없었을 것을.

쏟아지는 이런 질문들에게 나는 말했습니다. 문외한이 지각하기 힘든 어떤 이유가 있고 그 점 때문에 강의가 대학 학문의 본질적인 부분이 된다고 말입니다. 그런데 왜 그런가요? 이쯤에서 또 다른 질문이 선두로 튀어나왔습니다.

— 강의가 교육의 한 형태로 필요할지라도 행사의 형태로는 폐지되면 안 되는 걸까? 크로커스 꽃이나 너도밤나무가 붉게 물들기만 하면 어김없이 잉글랜드, 스코틀랜드, 아일랜드의 모든 대학에서 동시다발적으로 이 사람, 저 사람, 아무개 씨에게 예술이나 문학이나 정치나 도덕에 대한 문제에 대해 강연해 달라고 간청하는 간사들의 절박한 편지가 쏟아진다. 어째서?

옛날에는 신문이 귀한 몸이라 회관에서 목사관에 이르기까지 조심스럽게 돌려 보곤 했습니다. 그 시절에 그런 식으로 정신을 연마하고 사상을 전하는 수고스러운 방법은 응당 필요한 일이었지요. 그렇지만 한 주의 일상이 기사와 소책자로 매일 탁자 위에 뿌려지는 요즘처럼, 입으로 전해지는 말보다 훨씬 간단명료하게 온갖 뉘앙스의 의견이 글로 표현되고 있는 마당에 굳이 시대에 뒤처진 관습을 고집할 이유가 있을까요? 시간 낭비이기도 하고 신경질 나게 하는 데다 허영심, 과시욕, 주제넘은 자기주장, 과한 자기만족 같은 가장 천박한 인간의 열정을 불러일으키기도 하는 한물간 관습이 왜 지속되어야 하나요? 어째서 평범한 남녀일 뿐인 연장자들을 스스로 학자 입네 하는 사람이나 선각자로 변신하도록 독려하나요? 왜 그들을 억지로 사십 분 동안 강단에 서게 만들면서, 정작 당신들은 그들의 머리카락 색깔이나 파리의 수명 따위를 골똘히 생각하고 앉아 있습니까? 어째서 그들을 그냥 자연스럽게 놔둬서 마루에 앉아 기쁜 마음으로 당신과 얘기하고 당신의 말을 경청하게 하지 않지요? 어째서 청빈과 평등에 바탕을 둔 새로운 형태의 모임을 만들지 않습니까? 어째서 남자든 여자든 나이가 많든 적든 유명인이든 일반인이든 모든 사람들이 한데 모여 딱히 강단에 오를 일도 없고 논문을 발표하거나 고가의 옷을 갖춰 입거나 비싼 음식을 먹을 필요 없이 서로 어울려 이야기하지 않습니까? 교육의 형태로서도 그런 모임은 유사 이래 발표된 예술과 문학에 관한 모든 논문만큼이나 가치 있지 않을까요? 어째서 학자인 체하는 사람과 선각자를 없애지 않습니까? 왜 인간적인 교류를 하지 않나요? 어째서 시도하지도 않는 거죠?

'어째서'라는 단어가 지겨워진 지금, 나는 사교 모임이 과거에는 어떠했고, 현재는 어떻고, 또 어떤 것 같을지 전반적인 속성에 대해 몇 가지 생각에 빠져들 참이었습니다. 스레일 부인이 존슨 박사[9]를 대접하고, 홀랜드 부인이 매콜리 경[10]을 환대하는 모습 같은 근사한 장면을 떠올리는데 질문들 사이에서 아우성이 터져 나와 나는 도저히 차분하게 생각할 수가 없었습니다. 아우성이 터진 이유가 이내 확실히 밝혀졌지요. 내가 부주의하고 어리석게도 '문학'이라는 단어를 썼기 때문이었습니다. 질문들의 성미를 긁고 그들을 대로케 하는 한 단어가 있다면 그것은 바로 '문학'입니다. 그 지점에서 목청껏 시와 소설과 평론에 관한 질문을 쏟아내는 소리가 터져 나왔고 자기들 목소리를 들어 달라고 요구하는 것이었습니다. 그들 각자 자기 질문만

---

9   영국의 문인 새뮤얼 존슨과 그의 친구 헨리 스레일의 아내인 스레일 부인은 격의 없는 우정을 나눈 사이였다.

10 영국의 문호 겸 정치가 매콜리 경이 홀랜드 경과 그의 아내인 홀랜드 부인과 함께 식사를 하곤 했다.

이 답할 가치가 있노라고 확신하는 것 같았습니다. 끝끝내 그들이 홀랜드 부인과 존슨 박사에 관한 내 공상을 말끔히 깨 버렸을 때 누군가 자기야말로 물어봐야 하는 질문이라고 주장했습니다. 다른 질문들에 비하면 그리 어리석지도, 무분별하지도 않다고 말했습니다. 사람들이 스스로 책을 통해 영문학을 읽을 수 있는데 왜 대학에서 배워야 하느냐라는 질문이었습니다.

나는 이렇게 답했습니다. 이미 답이 나온 질문을 하는 건 어리석다고 말이지요. 내 생각에 영문학은 벌써부터 대학에서 가르치고 있으며, 더구나 이 점에 대해 논쟁을 하자면 못해도 책 스무 권 분량이 필요한데 남은 건 고작 칠백 단어 정도뿐이라고 말입니다. 하지만 하도 성가시게 조르는 바람에 나는 내 의견을 드러내기보다는 다음의 대화 한 토막을 기록하는 방식으로 내 능력 최대치를 끌어내서 그 질문에 답하기로 했습니다.

일전에 출판사의 출판 고문으로 밥벌이를 하는 친구를 만나러 갔습니다. 사무실로 들어갔는데 그 공간이 좀 어둡게 느껴졌습니다. 화창한 봄날이었고 창문도 열어 두었으므로 그 어두움은 분명 정신적인 데서 연유했을 것입니다. 사사로운 비통함이 남긴 두려운 인상이랄까요. 그 방에 들어가자 친구 입에서 나온 첫마디에 내 불안감은 확실히 굳어졌습니다.

"이런, 딱한 녀석!" 그녀는 읽고 있던 원고를 절망 섞인 몸짓으로 바닥에 툭 던지며 소리쳤습니다. 그녀의 친척이 무슨 사고를 당한 모양이었습니다. 교통사고인지 등반사고인지 물었습니다.

"엘리자베스 왕조 소네트의 발전에 대한 삼백 쪽짜리 글을 사고라고 부른다면야." 친구가 말했습니다.

"그게 다야?" 내가 안도하며 되물었습니다.

"다냐고? 그걸론 충분하지 않니?" 그녀가 쏘아붙였습니다. 사무실 안을 왔다 갔다 하며 목청을 높였지요. "걔가 한때는 똑똑한 녀석이었다고. 말 섞어 볼 만한 애였다니까. 영문학에 관심을 갖던 아이였는데, 글쎄 지금은……"

그녀는 손사래를 쳤습니다. 말로는 제대로 표현할 수 없다는 듯이. 하지만 말이 안 나오는 것은 아니었지요. 곧바로 온갖 한탄과 독설이 봇물처럼 터져 나왔습니다. 그녀가 허구한 날 원고를 읽으며 힘들게 사는 걸 생각해 보면 그럴 만도 하겠다 싶지만 열을 올리는 그녀의 논점을 나로선 이해하기 힘들었습니다. 그나마 내가 짐작하기로는, 영문학에 관해 〈사람들한테 영문학 읽는 법을 가르치고 싶다면 차라리 그리스 문학 읽는 걸 가르쳐라〉는 그녀의 일장 연설은, 다시 말해 영문학 시험을 통과해서 이렇게 영문학에 관해 쓰는 모든 글이 결국은 영문학을 죽인다는 것이었습니다. 친구는 얘기를 이어갔습니다. "영문학 장정본이 묘비인 셈이지. 말하자면." 나는 그녀의 말을 끊으며 그런 허튼소리 하지 말라고 했습니다. "그럼 네가 말해 봐." 그녀가 두 주먹을 불끈 쥔 채 내 옆에 지키고 서서 말했습니다. "배운다고 글을 더 잘 쓰길 한다니? 영문학 읽는 걸 배웠다고 해서 시를 더 잘 쓰니? 소설을 더 잘 쓰니? 평론을 더 잘 쓰겠니?" 그녀는 자기가 던진 질문에 답을 하겠다는 듯, 바닥에 있는 원고 한 단락을 읽었습니다. "어쩜 이렇게 전부 서로 빼다 박았다니!" 그녀는 짜증 섞인 말을 뱉으며 지친 기색으로 원고를 들어 올려 책장의 다른 원고 위에 놓았습니다.

"그래도 사람들이 알아야 하는 걸 생각해 봐." 나는 반론을 펴고 싶었습니다.

"알아야 한다고?" 그녀가 내 말을 그대로 받았습니다. "알아? '안다'는 게 대체 무슨 뜻인데?" 즉석에서 답하기 어려운 질문이어서 나는 이렇게 말하며 넘어갔습니다. "뭐, 어쨌든 강의하는 사람들이 밥벌이도 하고 남들을 가르칠 수도 있잖아." 친구는 버럭 화를 내면서 엘리자베스 왕조풍의 소네트에 관한 그 유감스러운 글을 확 움켜쥐더니 방 저쪽으로 휙 날려 버렸습니다. 그 후로 내가 거기 머문 동안 한 일이라고는 친구 할머니의 물건이었다는 찻주전자 파편을 줍는 것뿐이었지요.

지금도 각기 다른 십수 개의 질문들이 당연하다는 듯 저마다 교회와 의회와 선술집과 상점과 확성기와 남녀에 관해 물어보 겠다며 아우성치고 있답니다. 다행히도 시간이 다 됐군요. 조 용해졌습니다.

런던 모험, 거리 유랑하기
STREET HAUNTING:
A LONDON ADVENTURE [1930]

한 가지 생각에 매이기보다는

잠시라도 타인의 몸과 마음을 살짝 덧입어보는 환상,

그것으로 충분합니다.

연필 한 자루에 마음이 뜨거워질 사람은 아마 없겠지요. 그런데 그거 하나 갖는 게 소원인 상황이 생기기도 합니다. 무언가를 갖겠다 결심하는 순간, 차를 마시는 시간과 저녁을 먹는 시간 사이에 런던을 유랑할 구실이 생기지요. 여우사냥꾼이 여우 숫자를 조절한답시고 사냥을 다니고, 골프 선수가 건축업자 손에서 공터를 지켜내겠다며 골프를 치듯, 문득 거리를 나서고픈 마음이 찾아올 때면 연필은 좋은 핑곗거리입니다. 자리에서 일어나며 이렇게 말하거든요. "연필을 꼭 사야 해." 이 구실로 겨울 도시 생활의 가장 큰 즐거움에 무사히 빠져들 수 있으니까요. 런던 거리를 거니는 일 말이지요.

시간은 저녁나절, 계절은 겨울이 제격입니다. 샴페인처럼 빛나는 겨울 공기, 적당한 인파의 거리에 기분이 좋아지거든요. 여름날처럼 풀밭에 서서는 그늘이나 한적한 곳, 달큰한 바람을 찾느라 욕볼 일도 없습니다. 저녁나절도 마찬가지예요. 어둠과 등불이 우리에게 제멋대로 할 수 있는 시간을 선사하지요. 우리는 더 이상 원래의 우리가 아닙니다. 기분 좋은 저녁 시간, 네 시와 여섯 시 사이에 집을 나서면 우리는 친구들이 알고 있는 우리의 본모습을 벗어던지고 익명의 뚜벅이들로 이뤄진 거대한 공화국 군대의 일원이 됩니다. 물론 우리는 고독한 자기만의 방을 나선 후에야 이들 무리에 합류할 수 있습니다. 자기만의 방에서는 우리 자신의 기괴한 특성을 끊임없이 드러내는 물건에 둘러싸여 있거든요. 또 그게 예전 경험을 떠오르게 하지요. 가령 벽난로 선반 위의 저 그릇처럼요. 저건 어느 바람 부는 날 이탈리아 만토바에서 샀습니다. 상점을 나서는 순간 노파가 험한 얼굴로 치맛자락을 붙들고는 곧 굶어 죽을 지경이라며 소리쳤어요. "이걸 받으세요!" 그러더니 흰색과 청색이 섞인 이 도자기 그릇을 우리 손에 떠넘기지 뭡니까. 선심이라도 쓰듯 터무니없는 흥정은 결코 아니라는 것처럼요. 우리는 가책을 느끼면서도 한편으로는 심하게 바가지를 쓴 건 아닌지 찜찜해하며 그걸 들고 작은 여관으로 돌아왔습니다. 한밤중에 싸움이 났던 여관이었지요. 여관 주인이 자기 부인과 어찌나 격렬하게 다투던지. 구경 좀 하려고 마당 쪽으로 몸을 쭉 내밀었습니다. 그때였지요. 기둥을 장식한 덩굴과 하늘을 수놓은 별이 우리 눈에 들어왔어요. 그 장면이 마음속에 고이 남았습니다. 많은 것이 잊히더라도 자기만큼은 영원히 새겨져 있겠다는 동전처럼 말이에요. 그곳에 있던 우울한 영국 남자도 생각나는군요. 커피 잔과 작은 철제 테이블 옆에 서서는 자기 정신 세계의 비밀을 털어놓았던 남자였습니다(여행자들이 그러듯이요). 이탈리아, 바람이 불어오는 아침, 기둥을 수놓은 덩굴들, 영국 사내와 그가 내비친 은밀한 정신 세계, 그런 것들이 이 벽난로 선반에 놓인 그릇에서 뭉게뭉게 피어오릅니다. 그러고 나서 바닥을 보면 이번에는 카펫에 남은 갈색 얼룩이 보이는 것입니다. 그건 로이드 조지 씨 작품이지요. "그 작자는 악마야!" 커밍스

씨에 대해 말하면서 티포트 물을 채우려다 그만 쇠주전자를 바닥에 내려놨거든요. 그 바람에 카펫에 링 모양의 탄 자국이 생겼습니다.

그러나 이 모든 것은 문이 닫히는 순간 사라집니다. 우리네 정신은 남에게서 나를 구별하기 위해 껍데기를 만드는데 마치 굴 껍데기 같은 이것이 부서지고 나면 그 중앙에 있는 주름지고 거친 굴이 드러나지요. 빛나는 혜안을 지닌 아주 큰 눈동자가 남습니다. 겨울 거리는 참으로 아름답지요! 선명하기도 하고 모호하기도 해요. 이 어렴풋함 속에서 수많은 문과 창문이 대칭을 이뤄 늘어선 대로를 더듬어 나아갈 수 있지요. 이 가로등 아래에서 섬처럼 떠다니는 희미한 불빛이 남자들과 여자들을 비추며 재빠르게 스쳐 지나갑니다. 가난함과 추레함을 감추려고 뭔가 비현실적인 표정을 짓고 있는 사람들, 의기양양한 분위기랄까, 마치 자신들이 인생을 따돌린 것처럼 말이지요. 먹잇감을 빼앗긴 인생이 그들을 찾느라 계속 더듬거리게 놔두고요. 어쨌거나 우리는 거리의 표면 위를 미끄러지듯 나아갑니다. 저 눈은 광부가 아닙니다. 잠수부도 아니에요. 숨겨진 보물을 찾으려는 자가 아닙니다. 우리를 부드럽게 이끌어 흐름을 타도록 해줍니다. 쉬세요. 멈추세요. 보시다시피 머리는 잠들 거예요.

자, 런던의 거리는 얼마나 아름다운가요. 섬처럼 흩어진 불빛과 기다란 어둠 수풀이 함께 하잖아요. 어둠 수풀 한쪽에는 간간이 나무가 섞여 있고, 풀 자란 공간엔 밤이 몸을 접어 스스로 잠듭니다. 철책을 지나는 사이, 나뭇잎과 어린 가지들은 주변 들판이 고요한가 싶은지 탁탁거리며 사부작댑니다. 부엉이도 울고 저 멀리 계곡에선 기차가 덜컹거리네요. 하지만 여기는 런던입니다. 보세요. 키가 크고 헐벗은 나무들 사이로 황적색 불빛이 담긴 직사각형 틀이 매달려 있지요. 저건 창문입니다. 나지막이 뜬 별처럼 조곤조곤 타오르는 점들이 있습니다. 이건 가로등입니다. 이 나라와 평화를 보듬고 있는 이 텅 빈 땅이 바로 런던 광장입니다. 이 시각 주변 사무실과 건물에서는 지도 위로, 서류 위로, 책상 위로 사나운 불빛이 이글거립니다. 사무원들이 침 묻은 손가락으로 끝없이 쌓인 서신을 넘기는 그 책상 위로 말이지요. 난로 불빛은 더 넓게 너울댑니다. 램프 불빛이 어느 은밀한 응접실에 내려앉습니다. 안락의자에, 신문과 도자기에, 상감 무늬 테이블에요. 그리고 빛은 어느 여인의 형상에 가 닿지요. 여인은 숟가락으로 찻잎을 정확한 분량만큼 덜어내고 있군요. 아래층에서 초인종이 울렸는지 문 쪽을 바라보네요. 누군가 묻습니다. 그녀가 집에 있나요?

하지만 우리는 이쯤에서 두말 않고 멈춰야 합니다. 자칫 눈이 허락하는 것보다 더 깊이 파고들 위험이 있으니까요. 지금 우리는 가지나 뿌리 어딘가를 움켜쥔 채 매끈한 흐름을 지체시

키고 있거든요. 잠자는 무리가 언제라도 떨쳐 일어나서는 우리 안에 있는 수천 개의 바이올린과 트럼펫으로 응답할지도 모를 일이지요. 이 인간들이 정신을 차리고 일어나 자기네가 괴상할 뿐 아니라 고통받고 있고 추잡한 면도 있다며 주장할지도 모르니까요. 여차하니 조금만 더 빈둥거려 봅니다. 여전히 표면만 보며 계속 만족해하는군요. 자동차의 반들반들한 광택과 짐승의 누런 옆구리와 자줏빛 스테이크가 보이는 푸줏간의 번들거리는 광채, 꽃집 창문에 비친 몹시 불타오르는 울긋불긋 꽃송이들을 보면서요.

눈에는 이상한 성질이 있는 까닭입니다. 말하자면 아름다운 것에만 머물지요. 나비처럼 빛깔을 찾아 온기를 쬡니다. 지금 같은 겨울밤이면, 자연이 공들여 광내고 치장하는 동안 눈은 그 아름다운 트로피들에서 에메랄드며 산호석이며 작은 덩어리를 떼어내지요. 마치 온 세상이 보석으로 만들어진 것처럼요. 눈은 (여기서 눈은 전문가가 아닌 평범한 사람의 눈이랍니다) 이 트로피를 애매한 각도로 바라보지 못하며 모호한 연관성을 만들지도 않아요. 그래서 작위적이지 않은 순수한 아름다움이라는 소박하고도 감미로운 음식을 짧지 않은 시간 동안 음미하고는 포만감을 느낍니다. 어느덧 부츠 가게 입구에 멈춰 서서는 실제 이유와는 거리가 먼 자잘한 변명을 늘어놓습니다. 이 거리의 빛나는 물건들을 이제 그만 접어두라고요. 말을 걸 사람이 있는 어스름한 공간으로 물러나자고요. 우리는 거기서 왼발을 고분고분 받침대에 올려놓으며 이렇게 물을지도 모르겠습니다. "난쟁이가 된다는 건 어떤 걸까요?"

그 여자는 다른 두 여자의 호위를 받으며 들어왔습니다. 두 여자는 평범한 체격이었지만, 그녀 옆에 있으니 마치 인정 많은 거인 같더군요. 두 거인은 점원들에게 미소를 건네면서 그녀의 신체적인 결함에는 아랑곳하지 않는 모습으로 여자를 보호하며 안심시키는 듯했습니다. 여자는 언짢은 표정을 띠면서도 기형이 있는 사람들의 얼굴에 으레 보이는 미안해하는 표정을 지었습니다. 그녀는 두 거인의 호의가 필요했지만 동시에 불쾌한 마음도 있었지요. 그러나 거인들이 여자 점원에게 사람 좋은 얼굴로 "이 부인"이 신을 신발을 달라고 청하고, 점원이 여자 앞에 작은 받침대를 밀어 놓자, 갑자기 난쟁이 여인은 모두의 관심이 집중되길 바라는 듯 저돌적으로 발을 내밀더군요. 여길 봐요! 여길 봐! 여자는 발을 쑥 내밀면서 우리 모두가 봐주길 원하는 것 같았습니다. 발육이 좋은 여성의 발이었으니까요. 보세요, 완벽하게 균형 잡힌 보기 좋은 발이에요. 아치 모양이었고요. 품위가 있었습니다. 받침대에 놓인 자기 발을 보자 여자의 태도가 완전히 달라졌습니다. 좀 더 누그러지고 만족스러운 모습이었습니다. 여자의 태도에는 자신감이 넘쳤습니다. 신발을 계속 갖다 달라고 청하더군요. 한 켤레 한 켤레 신어 보았습니다. 거울 앞에 서서 발끝으로 빙글 돌기도 했고요. 노란 구두, 엷은 황갈색 구두, 도마뱀 가죽 구두를 신었지요. 발만 비추는 거울 앞에서요. 여자는 작은 치마를 들어 올려 작은 다리를 비춰 보았습니다. 그녀는 어쨌거나 사람 몸에서 가장 중요한 곳은 발이라고 생각했습니다. 자고로 여자들은 오로지 발하나로 사랑받아 왔지, 라며 혼잣말을 하더군요. 자기 발만 보고 있는 그녀는 아마도 나머지 몸이 그 아름다운 발과 비슷하다고 상상했겠지요. 차림새는 초라했지만 여자는 신발에다 얼마가 됐든 아낌없이 쓸 준비가 돼 있었습니다. 그리고 이런 날은 남들 시선을 아주 두려워하면서도 적극적으로 관심을 갈구하는 유일한 경우였기 때문에, 그녀는 신발을 고르고 신어 보고 하는 과정을 연장할 수만 있다면 무슨 짓이든 할 태세였습니다. 내 발 좀 봐요. 여자는 이리로 한 발짝, 저리로 한 발짝 내딛으며 이렇게 말하는 듯했습니다. 점원이 싹싹하게 뭔가 듣기좋은 말을 한 게 분명했습니다. 여자의 얼굴이 갑자기 환희에차서 밝아졌으니까요. 그나저나 두 여자 거인이 아무리 인정이많다 해도 어쨌든 자기 볼일이 있습니다. 여자는 결정을 내려야 했지요. 뭘 고를지 마음을 정해야 했습니다. 마침내 한 켤레가 정해졌네요. 여자가 손가락에다 꾸러미를 걸고 달랑거리며두 보호자 사이에서 걸어 나오자 황홀감이 흩어집니다. 원래로돌아왔네요. 신경질적인 노인으로, 미안해하는 노파로 말이지요. 다시 거리에 이르렀을 때 그녀는 난쟁이, 그 이상도 이하도 아닌 존재가 되었습니다.

하지만 여자는 기분을 바꿨어요. 우리는 여자를 따라 길거리로 나갔습니다. 그때 그녀 주위로 나타난 분위기는 마치 그녀가 꼽추들, 몸이 뒤틀린 사람들, 불구자들을 실제로 창조해 낸 것 같았습니다. 수염 난 두 남자는 딱 봐도 형제였지요. 눈먼이들은 둘 사이에 있는 작은 사내아이의 머리에다 손을 얹고 의지한 채 행군하듯 걸어왔습니다. 꿋꿋하지만 떨리기도 하는 맹인들의 걸음걸이, 그 걸음걸이가 그들을 덮친 운명의 공포와 불가피성처럼 느껴졌습니다. 이 소규모 호위대가 똑바로 지나가면서 보행자들을 갈라놓는 것 같았습니다. 호위대만의 침묵과 직진 정신과 자신들이 겪은 불행을 추진력 삼아서요. 난쟁이 여자가 절뚝거리며 기괴한 춤을 추기 시작했습니다. 이윽고 거리의 모든 사람이 그 춤을 따라 했습니다. 그중에는 반들반들한 물개 모피로 단단히 몸을 감싼 튼실한 부인도 있었고, 손에 든 지팡이의 은색 손잡이를 빠는 정신박약아도 있었습니다. 이 사람들이 만들어 낸 장관에 갑작스럽게 압도당한 노인은 문앞 계단에 쪼그려 앉아 있었는데 마치 절룩이며 박자를 맞추는 난쟁이의 춤에 모두가 동참한 광경을 보려고 앉아 있던 것 같았어요.

이런 질문이 나올 수도 있을 겝니다. 이렇게 몸이 성치 않은 절뚝이와 장님을 데리고 방방곡곡 대체 어디서 묵을 곳을 찾았을까? 바로 여기겠지요. 아마도요. 홀번과 소호 사이에 있는 이 좁고 낡은 집들의 다락방일 겁니다. 이 동네 사람들은 아주 괴상한 이름을 갖고 있는 데다 수많은 별난 직업에 종사하니까요. 금박 제조, 아코디언 주름 잡기, 단추 덮개 씌우기 같은 일을 하거나, 아주 괴상하게도 밀거래를 하며 생계를 유지합니다. 받침 없는 찻잔, 도자기로 된 우산 손잡이, 순교한 성인들을 그린 강렬한 색채의 그림으로요. 그들이 그곳에 기거합니다. 모르긴 몰라도 물개 모피 재킷을 입은 부인은 아코디언 주름 잡는 사람이나 단추 덮개 씌우는 사람과 오후를 보내며 삶은 견딜 만하다고 생각하겠지요. 틀림없습니다. 이렇게도 환상적인 삶이 통째로 비극일 리는 없으니까요. 우리는 곰곰이 생각합니다. 우리가 누리는 복을 그들이 배 아파하지 않는다고요. 모퉁이를 도는데 갑자기 수염 난 유대인과 마주칩니다. 굶주림에 짓눌려 거칠 대로 거칠어진 사내의 안광이 자신의 비참한 삶 때문인지 사납게 번득입니다. 때로는 몸이 굽은 노파 옆을 지나가지요. 죽은 말이나 당나귀 위에다 급한 대로 던져둔 덮개 같은 망토를 뒤집어쓰고 공공건물 계단에 아무렇게나 내버려진 여인입니다. 그런 모습을 접하노라면 척추 신경이 곤두서는 것 같아요. 눈앞에서 갑작스런 폭발이 일어나고요. 답할 수 없는 질문을 받게 됩니다. 이 버림받은 부랑자들은 종종 극장 앞, 그것도 아코디언 소리가 들릴 정도로 가까운 곳에 누워 있습니다.

밤이 오면 스팽글로 장식한 망토와 식객과 무희의 반짝이는 다리가 손에 닿을 만한 곳에 머물지요. 그들은 상점 진열창 가까이에 누워 있습니다. 상점은 문 앞 계단에 누워 있는 노파들과 눈먼 사내들과 절름발이 난쟁이들 같은 수많은 사람을 상대로 영업을 하지요. 도도한 백조가 금빛 목으로 지탱하는 소파, 다채로운 색의 과일 바구니가 놓인 상감 무늬 식탁, 수퇘지 머리나 지탱하는 게 나을 법한 녹색 대리석을 깐 식기대, 오랜 세월에 카네이션 무늬마저 희미해져 녹색 바다에 자취를 감춰버린 흐물흐물해진 카펫 같은 것을 사라고 권합니다.

지나가면서 주위를 힐끗거립니다. 모든 것이 우연인 듯하지만 놀랍게도 아름다움이 뿌려져 있습니다. 썰물이 나가는 시간마다 옥스퍼드 거리 연안에 짐을 놔두는데, 오늘 밤 밀물에서는 보물만 밀려 들어오는 것 같군요. 물건 살 생각 없이 구경만 하는 눈은 명랑하고 너그럽습니다. 뭔가를 창조하지요. 장식하고 개선합니다. 거리에 서 있으면, 상상의 집에다 온갖 방을 만들고 마음 내키는 대로 소파며 식탁이며 카펫을 들일 수도 있습니다. 저 러그는 복도에 두면 될 거야. 석고 그릇은 창가에 있는 대리석 식탁에다 놓아야지. 저 두껍고 둥근 거울에 우리의 떠들썩한 장면이 비치겠지. 하지만 집을 짓고 가구를 채우면서도 다행히 그 집을 소유할 의무까지는 없답니다. 눈을 깜빡여서 집을 허물어뜨리기도 하고 또 다른 집을 지어서 거기다 다른 의자와 거울을 들일 수도 있지요. 아니면 반지와 목걸이에 둘러싸인 골동품 보석상인과 함께 있다고 해 봅시다. 가령 저기 보이는 진주를 고른 다음 상상해 보는 거예요. 그걸 걸치면 삶이 어떻게 바뀔지. 순식간에 새벽 두세 시가 되는군요. 가로등이 인적 없는 메이페어 거리에서 하얗게 타오르고 있습니다. 이 시각에는 자동차만 돌아다니는군요. 어떤 이는 공허함을, 경쾌함을, 호젓한 흥겨움을 느끼겠지요. 진주를 달고 비단을 입고 누군가는 잠든 메이페어의 공원이 내려다보이는 발코니로 나오지요. 궁정에서 돌아온 고위 귀족의 침실, 실크 양말을 신은 하인의 침실, 정치인의 손을 잡은 귀족 미망인의 침실에 불빛이 조금 비치네요. 고양이 한 마리가 정원 담벼락을 따라 거닙니다. 두툼한 녹색 커튼이 드리워진 뒷방의 으슥한 곳에서는 누군가가 쉬쉬하며 짜릿한 사랑을 나누는군요. 나이 든 총리는 테라스를 조용히 산책합니다. 테라스 밑으로는 잉글랜드의 여러 도시와 지역이 일광욕을 하듯 펼쳐져 있지요. 그는 에메랄드로 치장한 곱슬머리 아무개 귀부인에게 국정 위기에 대한 진짜 사연을 털어놓습니다. 마치 가장 큰 대형 범선의 제일 높은 돛대 꼭대기에 올라간 것 같군요. 그러나 우리는 동시에 이런 종류의 문제가 그다지 중요하지 않음을 압니다. 사랑은 증명이 되지 않고 위대한 업적 역시 완성되지 못하지요. 우리는 그저 순간순간을 즐기고 그 속에서 깃털이나 다듬으며 단장합니다. 발코니에 서서 달빛을 받은 고양이가 메리 공녀의 정원

담벼락을 따라 기어가는 모습을 바라보면서요.

하지만 이보다 더 터무니없는 일이 있을까요? 사실 지금은 여섯 시 정각이랍니다. 겨울날 저녁이고요. 우리는 연필을 사러 스트랜드 가로 걸어가는 중입니다. 그런데 우리가 어떻게 6월에 진주를 걸치고, 또 발코니에 있을 수 있을까요? 이보다 더 어처구니없는 일이 있을까요? 이건 우리 잘못이 아니랍니다. 바보짓을 한 자연 탓이지요. 자연은 최고의 걸작, 즉 인간을 만드는 작업에 착수할 때 한 가지 일에만 집중해야 했습니다. 그러기는커녕 고개를 돌린 것이지요. 어깨너머에 있는 우리를 한 명 한 명 바라보았답니다. 그러면서 인간의 중심을 이루는 것과는 완전히 상충하는 본능과 욕망이 제멋대로 기어오르게 내버려 두었고, 결국 우리는 줄무늬에 얼룩덜룩한 존재가 되어 버렸습니다. 본래의 색이 지워진 것이죠. 1월의 길거리에 서 있는 이 사람이 진짜 나일까요, 아니면 6월의 발코니 너머로 몸을 숙인 저 사람이 진짜 나일까요? 나는 여기 있는 걸까요, 저기 있는 걸까요? 이 사람도 저 사람도, 여기도 저기도, 진정한 내가 아닌 걸까요? 뭔가가 너무 다양하고 종잡을 수가 없어서 욕망이 이끄는 대로 가고 무엇이든 바라는 대로 막힘없이 가게 내버려둔다면 그제야 우리는 진정한 우리 자신이 될까요? 상황은 통일성을 강요한답니다. 편의상 인간은 마땅히 통일체여야 하고요. 저녁에 선량한 시민이 자기 집 문을 열 경우 그 사람은 분명 은행가요, 골퍼요, 남편이요, 아버지겠지요. 사막을 돌아다니는 방랑자도, 하늘을 응시하는 신비론자도, 샌프란시스코의 빈민가에 있는 난봉꾼도, 혁명을 향해 진격하는 군인도, 의심과 고독으로 울부짖는 부랑자도 아닙니다. 문을 열 때 그는 손가락으로 머리를 빗어 넘기고 우산을 다른 우산들과 함께 받침대에 고이 넣어 두는 그런 사람이지요.

이제 중고서점에 도착했습니다. 제때에 왔어요. 이제 우리는 존재를 방해하는 이런 흐름 속에서 정착지를 찾았습니다. 화려하기도 하고 비참하기도 한 거리의 장면들을 거쳐 여기에서 균형을 잡은 것이지요. 바로 보이는 건 서점 주인 아내가 난로망에 발을 올려둔 채 앉아 있는 모습입니다. 그녀 옆으로는 문으로 가려 둔 석탄 난롯불이 잘 타고 있네요. 그 광경을 보고 있자니 정신이 들고 유쾌해지는군요. 그 여자는 절대 책을 읽지 않습니다. 아니 신문 정도는 읽겠네요. 책을 사고파는 대화가 멈추면 그녀는 흔쾌히 다음 주제로 넘어가는데, 온통 모자 얘기 뿐입니다. 여자는 실용적인 모자를 좋아한다고 말합니다. 당연히 예쁘기도 해야 하겠지만요. 참, 서점 주인 부부는 서점에 살지 않습니다. 브릭스톤에 살지요. 초록색도 조금은 보고 살아야 하니까요. 여름이면 여자는 정원에서 기른 꽃을 화병에 담아 먼지투성이 책 더미 맨 위에다 둡니다. 서점에 생기를 주기 위해서지요. 온 사방이 책입니다. 그리고 그만큼의 모험 의지가 우리 안에 충만합니다. 중고책은 야생의 책이지요. 떠돌이 책입니다. 온갖 깃털로 만들어진 둥지로 중고책이 모여들었습니다. 그래서인지 도서관에서 길들여진 책들에서는 찾아볼 수 없는 매력을 품고 있습니다. 더구나 이렇게 멋대로이며 잡다한 패거리 속에서 우리는 난생처음 보는 낯선 이와 스치기도 하고, 혹은 운 좋게도 그 낯선 이와 세상 둘도 없이 절친한 친구가 되기도 하지요. 위쪽 책장에 손을 뻗어 초라하게 버림받은 희끄무레한 책을 꺼낼 때면, 우리는 항상 기대합니다. 백 년도 훨씬 전 웨일즈와 중부지방에 있는 양털 시장을 찾아 방랑하던 말 탄 사내를 만나기를. 그는 이름 모를 여행자입니다. 여인숙 술집에서 맥주를 마시며 예쁜 여자들과 진지한 문화를 체감한 후 모든 경험을 순전히 사랑하는 마음으로 딱딱한 필체지만 고심해서 적었습니다(그 책은 자비 출판이었습니다). 한없이 지루하고 번잡한 데다 무미건조하더군요. 그래서 그가 전하려는 내용보다는 난롯가의 따뜻한 구석에 영원히 앉아 있는 그의 초상화를 보며 접시꽃과 건초 냄새를 떠올렸습니다. 누군가는 십팔 펜스에 그 책을 살 수 있을지 모르겠습니다. 책에 매겨진 가격은 삼 실링 육 펜스지만 서점 주인의 아내는 표지가 얼마나 낡았는지, 그 책을 서포크에 사는 신사에게서 들여온 후 얼마나 오랫동안 책장에 꽂혀 있었는지 보고 더 이상 문제 삼지 않을 거예요.

이렇게 우리는 서점을 슥 훑어보다가 이름 없이 사라져 간 누군가와 변화무쌍한 깜짝 우정을 나눕니다. 이를테면 이 작은 시집 말이에요. 멋지게 인쇄되었고 저자의 초상이 섬세하게 새겨졌어요. 그는 시인인데 물에 빠져 불시에 세상을 떠났습니다. 그의 시는 따뜻하긴 하지만 형식적이고 교훈적입니다. 마치 코듀로이 재킷을 입은 이탈리아 출신의 거리 악사가 체념에 젖어 연주하는 어느 뒷골목 오르간에서 나는 소리처럼 약해빠진 플루트 소리를 내지요. 그 윗줄에는 여행자들이 꽂혀 있답니다. 불굴의 독신녀인 이 여행자들은 자신이 감내한 불편함과 빅토리아 여왕이 소녀였던 시절 감탄했던 그리스의 일몰을 아직도 증언하고 있지요. 주석 광산을 방문한 콘월 투어도 있는데 방대한 기록을 남길 만하다고 생각했던 모양이더군요. 어떤 이들은 라인 강 상류를 거슬러 올라가며 인디언 잉크로 서로의 초상화를 그리기도 하고, 둘둘 감은 밧줄 옆 갑판에 앉아 책을 읽기도 했습니다. 여행자들은 피라미드를 측정했지요. 어떤 사람은 오랫동안 문명사회와 동떨어져 있었고요. 습지에 살며 열병으로 고통을 받던 흑인들을 개화한 이야기도 있습니다. 짐을 싸서 홀쩍 떠나고, 사막을 탐험하다 열병에 걸리고, 평생 동안 인도에 정착하고, 중국까지 진격했다 돌아와서 어느샌가 없던 일처럼 에드먼턴에 돌아와 콕 박혀 살기도 했지요. 이런 사연들이 문 앞까지 들이닥쳐 흘러 들어오는 바다처럼 먼지투성이 바닥에서 굴러다닙니다. 그래서 영국인들이 가만히 있질 못하는 것이지요. 여행과 모험의 바다가 서점 바닥 위로 들쭉날쭉 기둥처럼 솟아 있는 각고의 노력과 평생의 업이라는 작은 섬에 부딪쳐 부서지는 것 같았습니다. 저쪽에는 책등에 금빛 모노그램이 있는 암갈색 장정본이 여러 권 쌓여 있지요. 생각 깊은 성직자들이 복음에 대해 소상히 설명합니다. 에우리피데스와 아이스킬로스의 고대 원문을 이해시키기 위해 학자들은 자기 나름의 망치와 끌로 깎고 다듬습니다. 생각하고 주석 달고 상세하게 풀어내는 일은 우리 주변 어디에서나 빠른 속도로 진행되지요. 그러고는 일정한 시간마다 영원히 지속되는 밀물과 썰물처럼 소설 속 고대의 바다를 씻어냅니다. 그렇게 수많은 책이 아서와 로라가 어떻게 사랑했고 어떻게 결별했으며 어떻게 불행해졌다가 어떻게 다시 만나 오래오래 행복하게 살았는지 들려줍니다. 마치 그 옛날 빅토리아 여왕이 세상을 다스리던 그 시절로 돌아간 듯 말이지요.

이 세상에 책은 무수히 많습니다. 흘끗 보며 가볍게 인사하며 잠깐 대화한 후 지나갈 수밖에 없어요. 순식간에 이해하고 넘어가는 것인데, 길을 가다 우연히 접한 단어 하나에 혹은 우연히 접한 문구 하나에 인생이 달라지는 것과 마찬가지입니다. 케이트라는 여성에 관한 이야기가 들리는군요. "어젯밤에 걔한테 꽤 직설적으로 얘기했어…… 너 말야, 내가 일 페니짜리 우표만도 못하다고 생각한다면, 이러면서……" 그런데 케이트가 누구이고 그들의 관계에서 일 페니짜리 우표가 연루된 위기가 무엇인지 우리는 알 리 없습니다. 케이트라는 존재는 그들의 열렬한 수다 이면에 가라앉아 있으니까요. 그리고 여기 길모퉁이 가로등 기둥 아래에서 토론 중인 두 남자를 보자 또 다른 인생의 책장이 펼쳐집니다. 그들은 신문의 최신 기사 란에서 뉴마켓 정보를 찾아 탐독하는 중이더군요. 그들은 이렇게 생각하는 걸까요? 운만 따라준다면 넝마 같은 옷이 모피 옷과 브로드 셔츠로 변하고 멋진 회중시계 줄이 달리고 지금 입고 있는 누더기 같은 오픈 셔츠 자리에 다이아몬드 핀이 달리지 않을까. 하지만 이런 시간에는 길가의 사람들이 대부분 획획 지나가 버려서 물어보기가 힘들겠군요. 일터에서 집으로 돌아가는 이 짧은 퇴근길에 사람들은 환각제 같은 꿈에 휩싸입니다. 책상에서 물러나 두 뺨으로 신선한 바람을 맞고 있어서지요. 그들은 하루 종일 걸어둔 채 열쇠로 잠가둬야 했던 화려한 옷을 꺼내 입습니다. 이제 그들은 훌륭한 크리켓 선수이고 유명한 여배우이며 어려운 시절에 나라를 구한 군인입니다. 꿈을 꾸면서, 몸짓으로 이야기를 하면서, 혹은 소리 내어 몇 마디를 중얼거리면서, 그들은 스트랜드 가를 급히 지나 워털루 다리를 건넙니다. 그러고는 곧 덜거덕대는 긴 기차에 몸을 실어 반즈나 서비톤의 아담한 주택으로 향하겠지요. 현관에선 시계가 보이고 지하에서 저녁을 맞이하는 음식 냄새가 올라오는, 그래서 꾸고 있던 꿈에서 깨어날 그런 곳 말입니다.

그러나 우리는 지금 막 스트랜드 가에 왔습니다. 도로변에서 머뭇거리는데 손가락 만한 막대가 재빠르게 흘러가는 삶의 활기 위로 빗장을 걸기 시작합니다. "정말 난 해야 해 — 반드시 해야 한다고 —" 그것뿐입니다. 뭘 원하는지에 대해 자세히 살피지 않았음에도 마음은 익숙한 폭군에 움츠러들지요. 사람은 해야 한다고, 항상 해야 된단 말이야, 이것이건 저건이건 무엇이든. 단순히 즐기는 건 허용되지 않는다고. 어쩌면 우리는 그래서 조금 전, 핑곗거리를 지어내서 뭔가를 사야 할 필요성을 짜낸 게 아니었을까요? 헌데 그게 뭐였죠? 아, 기억납니다. 연필이었지요. 그럼 이제 가서 연필을 삽시다. 하지만 그 명령을 따르려고 돌아서면, 또 다른 자아가 고집스런 폭군의 권한에 이의를 제기합니다. 여느 때처럼 충돌이 일어납니다. 우리는 의무의 막대 뒤로 물러서서는 템즈 강 전체를 한눈에 담습니다. 아주 넓고 구슬프고 평화로운 강을요. 어느 여름날 저녁, 엠뱅크먼트에 서서 템즈강을 향해 태평하게 몸을 기울이는 누군가의 눈동자로 넓은 강을 바라봅니다. 연필 사는 건 미뤄두고 이 사람을 찾아 나서 보는 것도 좋습니다. 그럼 곧 분명해지겠지요. 이 사람이 바로 우리 자신이라는 것이요. 우리가 반년 전에 서 있던 저곳에 다시 선다면, 그때와 똑같은 모습이 되지 않을까요? 침착하고 초연하고 만족스러운 모습이요. 그럼 한번 시도해 보지요. 하지만 강은 우리가 기억했던 것보다 거칠고 탁합니다. 강물은 바다로 흘러가고요. 예인선 한 척과 바지선 두 척이 강물을 따라 내려오고요. 배에 실린 밀짚은 방수포 덮개 아래 단단히 묶여 있습니다. 그리고 우리 곁에는 난간에 기댄 커플이 있습니다. 연인들이 대개 그렇듯 희한할 정도로 남의 이목 따윈 안중에도 없더군요. 마치 자기네가 몰두하는 이 중요한 일이 두말할 것 없이 인류가 누리는 특권이라고 주장하듯 말입니다. 지금 우리가 보고 있는 광경과 귀에 들리는 소리는 과거와는 질적으로 다르지요. 정확히 지금 우리가 서 있는 이 자리에 반년 전에 서 있던 사람의 평온함, 그 속에는 우리가 공유할 만한 부분이 아무것도 없습니다. 그이의 몫은 행복한 죽음입니다. 우리의 몫은 불안정한 삶입니다. 그이에겐 미래가 없지요. 그 미래는 지금 이 순간에도 우리의 평화를 침범하고 있고요. 과거를 돌아보고 거기서 불확실한 요소를 빼내야만 완벽한 평화를 누릴 수 있습니다. 지금 이 상황에서는 돌아서야 합니다. 다시 스트랜드 가를 가로질러 갑시다. 우리에게 연필을 팔아줄 가게를 찾아야만 합니다. 지금 바로 이 시각에요.

새로운 공간에 들어서는 일은 언제나 모험이지요. 주인의 생활과 개성이 증류되어 그들만의 분위기가 그 공간으로 스며들기 때문이지요. 그곳에 들어가자마자 우리는 새로운 감정의 물결을 맞이합니다. 아니나 다를까, 이곳 문방구에서도 사람들이 다투고 있어요. 그들의 분노가 공기를 뚫고 나왔습니다. 두 사람이 싸움을 멈췄군요. 그들은 딱 봐도 부부였습니다. 부인이 자리를 피해 뒷방으로 갔습니다. 남편은 그 옛날 엘리자베스 시대 책 삽화에서나 봤을 법한 둥근 이마와 동그란 눈이 돋보이는 사람이었는데, 자리에 남아 손님을 상대했지요. "연필이요, 연필." 거듭 말했습니다. "암요, 그럼요." 그의 대답에는 산만한 면도 있는 데다 감정이 한꺼번에 끓어올랐다가 억눌렸다가 하는 사람처럼 야단스러움이 묻어났습니다. 그는 상자를 하나하나 열고 닫기 시작했습니다. 이것저것 워낙 다양하니 물건을 찾기란 여간 어려운 일이 아니라고 하더군요. 그가 문득 이야기를 시작했습니다. 어느 법조계 양반이 부인의 행실 때문에 깊은 물에 뛰어든 사연이었습니다. 그 양반과 오랫동안 알고 지낸 사이었다네요. 근 반 세기 동안 법학원에 줄이 닿아 있었다는 얘기도 하는데 마치 뒷방에 있는 부인이 엿듣기를 바라는 듯했습니다. 급기야 그는 고무줄 상자를 뒤엎었습니다. 결국 자신의 무능함에 분이 뻗친 남자는 반회전문을 밀어젖히며 거칠게 소리쳤지요. "연필은 어따 뒀어?" 자기 부인이 연필을 숨겨두기라도 했다는 투였죠. 노부인이 돌아왔습니다. 그녀는 누구한테도 시선을 주지 않은 채 당연히 심각한 일이라는 듯 미묘한 분위기를 풍기며 정확히 어느 상자에다 손을 얹었습니다. 거기에 연필이 있었지요. 부인이 없었다면 문방구 주인이 어떻게 상자를 찾을 수 있었을까요? 그녀야말로 그에게 없으면 안 될 존재가 아니었을까요? 그 부부를 강제적인 중립 상태로 나란히 세워 두려면 연필을 고르면서 까다롭게 굴 수밖에 없었습니다. 이건 너무 무르네요. 저건 너무 딱딱하고요. 부부는 잠자코 서서 계속 지켜보았습니다. 그들은 오래 서 있을수록 점점 차분해졌습니다. 열기가 가라앉고 분노가 사그라들고 있었지요. 양쪽 다 말 한마디 없이, 다툼은 마무리되었습니다. 벤 존슨[11]의 책 표지에 나와도 떳떳했을 남편은 연필 상자를 집어 제자리에 놓고는 정중히 고개를 숙여 안녕히 가시라는 인사를 전했고 부부는 자리를 떴습니다. 그녀는 바느질을 하러 가고 그는 신문을 읽지 않았을까 싶습니다. 카나리아가 그들에게 공평히 씨앗을 흩뿌려 주었을 겝니다. 싸움은 끝났습니다.

유령을 쫓아다니고, 다툼을 수습하고, 연필을 샀지요. 그사이 거리는 텅 비어버렸습니다. 활력은 꼭대기 층으로 물러났고, 램프에는 불이 켜졌습니다. 인도는 말라서 굳었습니다. 도로는 올록볼록하게 굴곡진 빛을 발하는 은빛 장신구 같았습니다. 황량함을 뚫고 집으로 걸어가는 동안 누군가는 혼잣말로 난쟁이와 눈먼 형제와 메이페어 저택의 파티, 혹은 문방구에서 벌어진 말다툼을 말하겠지요. 이런 사람들의 인생 속으로 살며시 스며들면서 한 가지 생각에 매이기보다는 잠시라도 타인의 몸과 마

---

11 Benjamin Jonson 1572-1637, 영국의 소설가. 셰익스피어와 동시대의 문인. 각양각색의 성격을 희화화한 극작 〈십인십색〉을 썼다.

음을 살짝 덧입어보는 환상, 그것으로 충분합니다. 세탁일 하는 여자가 될 수 있지요. 선술집 주인도요. 거리의 가수든지요. 자기 성격이 정해 놓은 똑바른 길에서 벗어나 산딸기와 두툼한 나무줄기 아래로 이어진 길을 따라 거친 짐승이 사는 숲의 심장부로 들어가는 것, 이것이야말로 우리 인간에게는 더없이 짜릿하고 경이로운 일 아닐까요?

맞습니다. 일탈은 최상의 즐거움이에요. 겨울의 거리 유랑은 최고의 모험이지요. 그럼에도 우리는 현관 앞 계단에 가까워질수록 주변의 오래된 물건들과 낡아빠진 편견을 감지하고 거기서 안도합니다. 거리 모퉁이마다 바람을 맞고, 접근할 수 없는 수많은 가로등 불꽃에 나방처럼 두드려 맞던 자아는 피난처를 찾아 보호받습니다. 여기, 다시 익숙한 문이 보입니다. 우리가 뒀던 대로 틀어져 있는 의자가 있고, 도자기 그릇과 카펫의 갈색 링 모양도 그대로입니다. 그리고 이제 이것을 부드럽게 살펴보고 경건하게 만져 봅니다. 우리가 이 도시의 모든 보물 중에서 유일하게 찾아온 전리품, 연필이 바로 여기 있습니다.

벽에 난 자국
THE MARK ON THE WALL [1917]

뭔가가 앞에 있는데……
어디까지 얘기했더라?
무슨 생각을 하고 있었지?

문득 고개를 들었다가 벽에 난 자국을 처음 본 것은 아마 지난 일월 중순이었을 것이다. 날짜를 맞춰 보려면 자기가 뭘 봤는지를 기억할 필요가 있다. 그래서 나는 난롯불을 생각한다. 책장을 차분히 비추는 노란 불빛. 벽난로 선반의 둥근 유리그릇 안에는 국화 세 송이가 있었다. 그래, 분명 겨울이었고 우리는 막 차를 마시던 참이었지. 마침 담배를 태우다가 벽에 난 자국을 처음 봤던 게 기억났기 때문이다. 담배 연기 사이를 올려다보다가 타고 있는 석탄에 잠깐 시선이 머물렀는데, 성탑에서 나부끼는 새빨간 깃발에 대한 오랜 이미지가 떠올랐다. 검은 암벽 비탈을 오르는 붉은 기사단의 기마 행렬. 그때 그 자국이 눈에 들어왔고 거기서 상상이 멈췄다. 오히려 잘 됐다. 낡은 공상이었으니까. 어릴 적에 피어났을 무의식적인 공상. 하얀 벽에 까맣게 보이는 작고 동그스름한 그 자국은 벽난로 선반 위로 한 뼘 좀 안 되는 곳에 있었다.

우리 생각이란 게 얼마나 쉽게 새로운 대상으로 우르르 몰려가는지. 개미떼가 지푸라기 하나를 세상없이 열광적으로 옮기다가 금세 놓고 가 버리듯……. 혹시 그게 못 자국이었다면 큰 그림을 걸 수는 없었을 게다. 틀림없이 자그마한 그림이었겠지. 하얀 곱슬머리에, 분칠한 뺨, 붉은 카네이션 같은 입술의 여인을 그린 세밀화. 물론 모조품이다. 우리 이전에 이 집에 살던 사람들이라면 그런 식 — 오래된 방에는 낡은 그림이 제격이라는 식 — 으로 골랐을 법한 그림. 그들은 그런 부류의 사람이었다. 아주 재미있는 사람들. 꽤 묘한 곳에서 그들이 떠오르곤 한다. 그들을 두 번 다시 볼 일도 없고 그 후로 그들에게 무슨 일이 생겼는지 알 길도 없지만. 그들은 가구 스타일을 바꾸고 싶어서 이 집을 떠났다. 그 사람 말인즉슨 그랬다. 무릇 예술이란 이면에 생각을 담고 있어야 한다며 그가 한참 의견을 피력하는 도중에 우리는 뿔뿔이 흩어졌다. 누군가를 태운 기차가 차를 따르려던 노부인을 획 지나치듯이 혹은 교외 대저택의 뒷마당에서 테니스공을 치려던 젊은이에게서 멀어지듯이.

그러나저러나 그 자국에 관해서라면 나는 확신이 안 선다. 여하간 못으로 생긴 자국이라는 생각은 안 든다. 그러기엔 너무 크고 너무 둥그렇다. 자리에서 일어나 볼 수도 있겠지만 혹시 일어나서 그걸 본다 한들 확실히 말할 수는 없을 것이다. 일단 일어난 일에 대해서는 누구도 그게 어떻게 벌어졌는지 알지 못한다. 이것 참, 미스터리 같은 인생. 허점 많은 생각! 무지한 인간이여! 자기 소유물에 대한 우리의 통제력이 얼마나 미미한지 보여주기 위해 — 이런 삶이 결국 우리네 문명사회라니 참으로 우연스럽지 않은가 — 평생 동안 잃어버린 몇 가지 물건을 세어 보기라도 해야겠다. 늘 하는 생각이지만 아무리 봐도 제일 수수께끼 같은 분실물이 있다. 고양이가 물어뜯었는지, 쥐가 쏠았는지 모를 일이다. 책 제본 도구를 넣는 연푸른색 작은 상자 세 개는 대체 어디 간 걸까? 그리고 새장, 쇠테, 강철 스케이트날, 앤 여왕 시대풍의 석탄 통, 바가텔 판, 손풍금. 전부 없어졌다. 보석도 사라졌다. 오팔이며 에메랄드 보석이 순무 뿌리 주변에 흩어져 있다. 이 무슨 벼룩의 간을 빼먹는 짓인지! 놀랍게도 나는 뭐가 됐든 바로 이 순간 옷을 걸치고 앉아 튼튼한 가구에 둘러싸여 있다. 인생을 뭔가에 비유하고 싶다면, 전속력으로 달리는 열차에 실려 날아가는 것에 빗대야 한다. 머리핀이 남김없이 사라진 채 반대편 끝에 다다른 형국! 실오라기 하나 걸치지 않은 알몸으로 신의 발치에 떠밀린 꼴! 우체통 안으로 거꾸로 처박힌 갈색 종이 포장 소포처럼 아스포델 초원[12]에 굴러 떨어진 모습! 경주마 꼬리처럼 머리카락을 흩날리면서. 그래, 이건 인생의 속도를 표현하는 것. 영원히 반복되는 버려짐과 되살림. 너무나 우연적이며 너무나 터무니없는……

그런데 내세는 어떨지. 두툼한 녹색 줄기를 천천히 끌어내리면 꽃받침이 뒤집히면서 자줏빛과 붉은빛에 흠뻑 젖어든다. 왜 사람은 여기서 태어나듯이 거기서 태어나면 안 되는가? 무력하고 말도 못하고 눈의 초점도 맞출 수 없는 상태로 신화 속 거인족 밑에서 풀뿌리를 더듬고 있는가? 무엇이 나무인지, 어느

---

12 고대 그리스 신화에 나오는 곳으로 무관심하고 평범하게
살았던 인간들의 사후 세계.

쪽이 남자이고 여자인지, 혹은 그런 것들이 있기는 한지. 오십 년이 지난다 한들 아무런 말도 하지 못할 것이다. 빛과 어둠의 공간만 있고, 두툼한 줄기가 훌쩍 높이 자란 곳에는 아마 장미 모양의 희미한 빛깔 — 칙칙한 분홍빛과 파란빛 —을 띤 얼룩이 있는데 시간이 지날수록 그 얼룩은 더 선명해지고, 내가 모르는 뭔가가 되겠지…….

그렇지만 벽에 있는 자국은 절대 구멍이 아니다. 뭔가 동그랗고 까만 것 때문에 생겼을지도 모른다. 지난여름이 남기고 간 조그만 장미꽃잎 같은 것. 야무진 주부가 아닌 나는 벽난로 선반에 쌓인 먼지를 본다. 트로이를 족히 세 번은 파묻고도 남을 먼지. 깡그리 소멸되지 않겠노라 버틴 도기 파편만 남았으려나.

창밖의 나무가 살며시 창문 유리를 두드린다……. 나는 차분히 생각하고 싶다. 아무런 방해 없이 의자에서 일어날 일도 없이 넓디넓은 상념으로. 걸림돌 없이 적의도 없이 이 생각 저 생각 한가롭게 배회하면서. 단편적인 사실을 품고 있는 지면에서 떨어져 더욱 깊은 곳으로 가라앉아야지. 마음을 가누기 위해서라도 맨 처음 스치는 생각을 움켜잡아야겠다……. 셰익스피어……. 그래, 셰익스피어라면 괜찮겠다. 안락의자에 붙박이처럼 앉아 난롯불을 응시하는 사내. 높은 하늘에서 아이디어가 그의 머리 위로 끊임없이 쏟아졌다. 그는 고개를 수그리면서 이

마를 한 손에 기댄다. 열린 문 안을 들여다보는 사람들이 있었다. 이 장면은 여름날 저녁에 일어나야 하는 일이니까. 허나 이건 너무 지루하잖아. 이토록 따분한 역사 소설이라니! 전혀 재미가 없네. 즐거운 생각이 지나가는 궤도에 불쑥 들어서면 좋으련만. 흥미롭고 은근하며 떳떳한 모습의 궤도. 그런 것이야말로 비할 데 없이 즐거운 생각이니까. 칭찬을 싫어한다는 겸손한 사람들의 머릿속에도 수시로 그런 생각이 든다. 그건 대놓고 자화자찬하는 생각이 아니다. 생각의 미덕이랄까. 바로 이런 생각.

"그러고 나서 나는 방으로 들어갔지요. 그들은 한창 식물에 대해 논하는 중이었어요. 나는 킹스웨이의 어느 낡은 집터의 먼지더미를, 거기서 자라는 꽃 한 송이를 봤다고 말했지요. 그 씨앗은 분명 찰스 1세 시대에 심었을 거라고도 말했어요. 찰스 1세 시대에는 어떤 꽃을 키웠을까요?" 이렇게 물었다. (그런데 대답은 기억나지 않는다.) 아마도 자줏빛 암술이 달린 기다란 꽃이었을 게다. 이런 식으로 생각이 이어진다. 나는 늘 마음속에서 내 모습을 꾸민다. 대놓고 금이야 옥이야 하지는 않고 남몰래 애정을 쏟는 식이다. 드러내 놓고 하다가는 곤란해지지. 얼른 책을 빼 들어서 숨을 게 분명해. 신기하게도 사람들은 맹목적인 숭배라거나 우스꽝스럽게 다뤄지는 것, 아니면 본모습과는 너무 다르게 여겨지는 것에 본능적으로 보호막을 친다니까. 아니, 전혀 신기한 일이 아니라고? 아주 중요한 문제지. 거울이 깨졌다. 그래서 거기에 있던 상이 사라졌다고 생각해 본다. 깊은 숲 속의 낭만적인 초록 형상도 더는 존재하지 않는 것이다. 남들에게 보이는 건 한 인간의 이런 껍데기뿐. 이 얼마나 숨 막히는 일인가. 깊이 없고 뻔하고 노골적인 세상. 살 만한 곳이 아니다. 우리는 버스와 전철에서 서로 마주하며 우리 눈에 담긴 어슴푸레한 표정의 유리를 들여다본다. 미래의 소설가들은 거울에 비친 모습의 중요성을 깨닫겠지. 그렇게 투영된 상이 하나가 아니라 무수히 많기 때문에. 그 형상들이야말로 소설가가 파헤칠 심연이요 추적할 환영이다. 현실은 점점 이야기 바깥으로 밀려나면서, 그런 지식은 당연하게 여기면서. 그리스인이 그랬듯, 아마도 셰익스피어가 그랬듯. 하지만 이런 일반화는 아무런 소용이 없지. 일반화라는 단어에서 들리는 군기 바짝 든 소리만으로도 족하다. 그 단어는 신문의 사설이나 정부 각료를 연상시킨다. 어린이처럼 그건 그것이라고, 표준이라고, 진짜라고, 끔찍한 저주를 들을 위험을 감수하지 않는 한 도저히 벗어날 수 없는 모든 것들을. 일반화라니, 어쩐지 런던의 일요일이 떠오른다. 일요일 오후의 산책, 일요일의 오찬, 그리고 망자의 말투라든가 옷이나 습관이 생각난다. 누구 하나 좋아하지 않는데도 모두가 꼼짝없이 한방에서 같이 앉아 있던 습관 같은 것. 모든 것에 규칙이 있었다. 특정 시기에 쓰는 식탁보에 관한 규칙

도 있었다. 작은 노란색 부분이 있는 태피스트리[13]로 만들어
져야 한다. 왕궁 복도에 있는 카펫들을 찍은 사진에서나 봄 직
한 그런 것. 다른 종류의 식탁보는 진정한 식탁보가 아니었다.
그렇지만 이런 진짜들, 일요일의 점심 식사, 일요일의 산책, 시
골집, 식탁보들이 완전히 진짜는 아니며 반쯤은 환영일 뿐이
라는 사실을 알게 됐다니, 그런 것들을 믿지 않는 자에게 쏟
아지는 천벌이라 봤자 합법적이지 않은 자유 정도에 불과하다
는 사실을 깨달았다니 이 얼마나 충격적이면서도 멋진 일인
가. 이제 또 무엇이 내가 의아해하는 것들, 혹은 진정한 표준이
라는 것이 될 것인가? 당신이 여자라면 아마도 남자가 여기에
해당될 것 같다. 우리 삶을 지배하고 기준을 정하는 남자의 관
점이란 게 있다. 휘터커의 서열표[14]를 정하는 남자의 관점은 전
쟁 이후 많은 남녀에게 거의 유령처럼 남아있다 생각하므로,

마호가니 찬장과 랜시어[15]의 복제화, 신과 악마, 지옥 등등 유

---

13 Tapestry: 여러 가지 색실로 그림을 짜 넣은 직물.

14 휘터커 연감(Whitaker's Almanack)에 포함된 '영국의 귀
    족명감'을 지칭한다.

15 에드윈 헨리 랜시어 경(Sir Edwin Henry Landseer
    1802-1873), 영국의 화가 겸 조각가. 빅토리아 시대의 뛰
    어난 동물화가. 그의 형 토마스 랜시어(1793/1794-1880)
    가 강판 인화로 에드윈의 유명한 그림을 복제했다.

령들이 직행하는 쓰레기통 속에서 남자의 관점도 빨리 웃음거리가 되기를 나는 바란다. 우리 모두는 여기 남아 불법의 자유에 취하자. 자유란 게 존재한다면 말이다.

어떻게 보면 벽에 난 저 자국은 벽에서 튀어나와 있는 것 같다. 완벽한 원형도 아니다. 확신할 수는 없지만 그림자를 드리우고 있는 듯하다. 아닌 게 아니라 손가락으로 벽을 쭉 따라 내려오면 어느 지점에 조그마한 무덤이 불쑥 솟아오르는 셈일 게다. 사람들 말로 무덤 아니면 야영지라는 사우스다운스의 구릉 같은 고분 말이다. 둘 중에서 나는 무덤이 더 좋다. 영국인이 대개 그렇듯 울적한 기운을 담아 본다면 그렇다. 산책을 마칠 무렵 무덤을 발견해서는 그 잔디밭 아래 널려 있는 유골을 생각하는 편이 자연스럽지……. 이런 내용을 다룬 책이 분명 있다. 틀림없이 어느 고고학자가 유골을 발굴해 이름을 붙였을 텐데……. 고고학자는 대체 어떤 사람일까? 아무래도 대부분 퇴역한 대령일 것 같다. 나이 든 인부들을 여기 구릉 위까지 인솔해서는 흙덩어리와 돌을 살펴본 다음 인근의 성직자들에게 편지를 쓰기 시작하겠지. 편지는 아침 식사 시간에 개봉될 테고 중요한 일이라는 인상을 남기는 것이다. 화살촉들을 비교하려면 이곳저곳을 돌아다니며 큰 도시까지 가야 한다. 대령들에게도 연로한 부인들에게도 기분 좋은 여정 아닌가. 남편이 집을 비울 동안 자두 잼을 만들거나 서재를 청소하고 싶은 부인들은 그 봉긋한 것이 야영지인지 무덤인지의 난제를 영원히 미룰 만한 명분을 원한다. 그러나 대령 본인은 그 문제 양쪽에 대한 증거를 차곡차곡 모아가는 일을 흔쾌히 감수하고, 마침내 야영지라고 믿는 쪽으로 마음이 기운다. 그리고 반대 의견에 부딪히자 분기마다 열리는 지역 학회 모임에서 낭독할 소논문을 쓰다가 뇌졸중으로 쓰러지고 만다. 대령이 마지막까지 붙들고 있던 생각은 아내도 자식도 아니다. 그 야영지와 거기 있던 화살촉이다. 이제 그 화살촉은 지방 박물관에 있는 어느 상자에 담겨 있다. 중국인 여자 살인범의 발, 엘리자베스 여왕 시대의 못 한 줌, 튜더 왕조의 수많은 도제 담뱃대, 로마 시대의 도자기 한 점, 넬슨 제독이 사용한 포도주 잔과 함께. 나로선 도무지 모를 뭔가를 증명한다면서.

아냐, 아냐. 아무것도 증명할 수 없지. 아무것도 알 수 없어. 지금 이 순간 자리에서 일어나 벽에 난 자국이 정말로 — 뭐라고 말해야 하나? — 이백 년 전에 박은 크고 낡은 못대가리임을 확인한다면, 여러 세대에 걸쳐 하녀들이 부지런히 닦고 또 닦은 덕에 페인트칠 위로 대가리를 드러낸 못이 난롯불을 피운 하얀 방의 현대적인 생활을 처음으로 관망하고 있는 것이라면, 나는 뭘 얻게 되는 걸까? 지식? 좀 더 숙고할 문제라고? 생각이야 서서도 하고 가만히 앉아서도 할 수 있지. 그리고 지식이란 게 뭔가? 우리네 학자라는 사람들은 그 옛날 동굴과 숲에서

약초를 끓이고 뒤쥐를 연구하고 별들의 언어를 기록하면서 웅크리고 있던 마녀와 은둔자의 자손이 아니면 뭐겠는가? 미신은 점점 힘을 잃고 아름다움과 건강한 정신을 더 중시하면서 그들에 대한 존경이 줄어든다……. 그래, 아주 기분 좋은 세상을 상상해 볼 수는 있겠지. 탁 트인 들판에 더없이 울긋불긋한 꽃들이 널려 있는 고요하고 광활한 세상. 교수도, 전문가도, 경찰처럼 구는 관리인도 없는 세계. 하얀 알둥지로 드리워진 수련 줄기를 가볍게 스치면서 지느러미로 물살을 가르는 물고기처럼 생각을 가르며 나아갈 수 있는 세계……. 여기 그런 세계의 중심에 잠겨 들어가 잿빛 수면에 비치는 돌연한 섬광과 빛 그림자를 올려다보면, 얼마나 평화로운가. 휘터커 연감만 없다면, 그 서열표만 없다면!

아무래도 일어나야겠다. 저 벽에 난 자국이 대체 뭔지 내 눈으로 확인해야겠다. 못일까, 장미꽃잎일까, 갈라진 목재의 틈일까?

이쯤에서 자연이 오래된 자기 보호 수법으로 꿈틀거린다. 자연은 아는 것이다. 생각을 그렇게 이어가는 것은 에너지 낭비에 불과해. 현실과 충돌한다고. 어느 누가 버릇없이 휘터커의 서열표에 대들 수 있겠어? 캔터베리 대주교 다음에 대법관, 대법관 다음에 요크 대주교가 온다. 모든 사람에게 서열이 있다는 것이 휘터커의 철학이다. 모든 이는 누군가의 밑에 있다. 이

철학의 위대함은 누가 누구 다음에 오는지 안다는 점. 휘터커가 그걸 안다. 그러니 자연이 충고하듯 그 사실에 격분하는 대신 차라리 위안을 얻는 게 낫다. 위안이 안 된다고? 이 평화로운 시간을 산산이 부수고 말겠다면? 벽에 난 저 자국을 생각해 보라.

나는 자연의 수법을 안다. 흥분시키거나 고통스럽게 할 조짐이 보인다면 무슨 생각이든 끊어버리는 식으로 재빠르게 다른 행동을 촉구한다. 짐작컨대 그래서인지 우리는 생각 없이 활동하는 남자들을 좀 경멸하는 것 같다. 어쨌든 벽에 있는 자국을 보면서 불쾌한 생각을 끝내는 건 나쁘지 않지.

정말로 그렇다. 그 자국을 주시했더니 바다에서 널빤지 한 장을 붙들고 있는 기분이 든다. 두 대주교와 대법관이 처음부터 없었던 것처럼, 만족스러운 현실감이 느껴진다. 이제 뭔가 분명하고 현실적인 것이 있다. 그래서 한밤중 악몽에서 깨어난 사람은 서둘러 불을 켜고서는 꼼짝 않고 누워 서랍장을 우러러본다. 그 견고함을 찬양한다. 그 리얼리티를, 우리 말고 다른 존재가 있다는 증거인 물건의 세계를 찬양한다. 그것이야말로 우리가 확신하고 싶어 하는 것이다……. 목재는 요모조모 생각해 보기에 기분 좋은 대상이다. 목재는 나무에서 나오고 나무는 자란다. 우리는 나무가 어찌 자라는지 모른다. 오랫동안 나무는 우리에게 관심 따위 주지 않은 채 초원에서, 숲에서, 강가에서 자라난다. 모두 생각하기에 좋은 대상이다. 더운 오후에는 언제나 소들이 나무 아래에서 꼬리를 휘휘 젓는다. 나무가 강을 온통 초록빛으로 물들인 탓에 물새가 강에 뛰어들기라도 하면 다시 나올 때 온통 초록색인 깃털을 볼 것만 같다. 나는 바람에 날리는 깃발처럼 물살에 몸을 버티며 균형을 잡고 있는 물고기를 생각한다. 강바닥에다 느릿느릿 진흙더미를 쌓아올리는 물방개 생각하기를 좋아한다. 나무 자체를 생각하는 것도 좋다. 목재가 전하는 바싹 마른 느낌. 폭풍우 속에서 부대끼는 소리. 느릿느릿 스며 나오는 맛난 수액. 잎을 모두 잃은 채 겨울밤 텅 빈 들판에 서 있는 나무를 생각하는 것도 좋다. 그 밤 내내 총탄 같은 달빛에 괴로워하는 돛대 같은 나무. 땅 위에서 몇 번이고 쓰러지는 헐벗은 돛대. 여름새들의 노랫소리는 필경 시끄럽고 낯설겠지. 곤충들이 주름진 나무껍질을 힘들게 기어오를 때 발밑에서 느껴지는 차가운 기운. 얇은 녹색 차양 같은 나뭇잎에서 햇볕을 받으면서도, 붉은 마름모 눈으로 정면으로 주시는 하는 동안에도 발은 얼마나 차가울까……. 땅이 전하는 지독한 냉기에, 그 싸늘함에 수염뿌리가 하나씩 뚝뚝 끊어지고, 마지막 폭풍이 몰아치면 가장 높이 있던 나뭇가지들이 떨어져 땅속 깊이 박힌다. 그래도 생명이 끝나지는 않지. 여전히 나무는 세상 어디에서든 끈기 있고 조심스럽게 수없이 생명을 이어간다. 침실에서, 선박에서, 보도에서, 남녀가 차를 마신

후 앉아 담배를 태우는 거실에서. 이 나무는 평화롭고 행복한 생각으로 가득하다. 나는 그것들을 하나씩 하나씩 생각하기를 좋아하는 것 같다. 그런데 뭔가가 앞에 있는데……. 어디까지 얘기했더라? 무슨 생각을 하고 있었지? 나무? 강? 다운스? 휘터커 연감? 아스포델 초원? 아무것도 기억이 안 나. 모든 게 움직이고 떨어지고 미끄러지고 사라져 간다……. 내용이 전부 뒤죽박죽이다. 누군가 내 옆에 서서 말한다.

"신문 사러 나갈 거야."

"응?"

"신문을 사 봐야 별것도 없지만……. 아무 일도 일어나질 않으니. 빌어먹을 전쟁. 이 망할 놈의 전쟁!…… 그건 그렇고, 왜 우리 집 벽에 달팽이가 있는지 영문을 모르겠네."

아, 벽에 있는 자국! 달팽이였구나.

유산

THE LEGACY [1944]

그 이름이 또 지워져 있었다.

"시시 밀러에게." 길버트 클랜든은 아내의 응접실 작은 탁자 위에 널려 있는 여러 개의 반지와 브로치 중에서 진주 브로치를 집어 들어 거기 적힌 것을 읽었다. "시시 밀러에게, 나의 사랑을 담아."

비서인 시시 밀러도 잊지 않고 챙겼다니, 참으로 안젤라다웠다. 하지만 길버트 클랜든은 안젤라가 모든 것을 그토록 잘 정리해 두었다니 정말 기이한 일이라고 생각했다. 친구들 한 명 한 명에게 줄 작은 선물까지 전부 챙겼으니까. 마치 자기 죽음을 예감했던 것처럼 말이다. 6주 전 그날 아침, 집을 나설 때만 해도 아내는 더할 나위 없이 건강했다. 아내는 피카딜리 도로 연석 아래로 내려섰다가 자동차에 치여 죽었다.

그는 시시 밀러를 기다리는 중이었다. 그가 와달라고 청했다. 그녀에게 빚진 것 같았다. 그녀가 오랜 세월 클랜든 부부와 함께했으니 보답의 표시를 전해야겠다 싶었다. 그래 맞아. 그러고는 그는 자리에 앉아 계속 생각했다. 안젤라가 만반의 준비를 해두다니 거참 이상하군. 친구들에게 일일이 작은 애정의 표시를 남겼다. 반지며 목걸이며 중국제 상자들 ― 아내는 작은 상자를 유난히 좋아했다 ―에 빠짐없이 이름이 적혀 있었다. 물건 하나하나가 그에게 크고 작은 추억이었다. 이건 그가 아내에게 주었던 것. 그리고 이건 루비로 눈을 만든 법랑 돌고래다.

어느 날 아내가 베니스 뒷골목에서 부리나케 손에 넣은 것이지. 순간 아내 입에서 터져 나온 기쁨의 목소리가 떠올랐다. 물론 그를 위해 남긴 건 특별히 없었다. 굳이 찾자면 그녀의 일기장이 있겠다. 녹색 가죽 장정의 작은 일기장 열다섯 권이 그가서 있는 뒤쪽 그녀의 필기용 탁자 위에 놓여 있었다. 결혼 이후아내는 꾸준히 일기를 썼다. 둘은 싸운 적이 거의 없지만 그나마 몇 번 삐걱거린 일 ― 싸움이라 부르기 민망한 수준의 사소한 말다툼 ―은 그 일기장 때문에 일어났다. 그녀가 일기를 쓰고 있을 때 그가 들어오면 그녀는 어김없이 일기를 덮어버리거나 손으로 가리기 바빴다. "안 돼요, 안 돼. 안 된다구요." 그녀의 말이 귓가에 맴돌았다. "내가 죽은 다음이면 모를까." 그러니 아내는 그에게 유산으로 일기장을 남긴 셈이다. 그녀 생전에 부부가 절대 공유하지 않았던 유일한 물건이 바로 그 일기장이었다. 하지만 그는 언제나 당연하게도 아내가 자기보다 오래 살 거라고 생각했다. 만약 아내가 잠깐이라도 멈춰서 뭘 하고 있는 건지 생각했더라면 아마도 살았겠지. 하지만 자동차 운전자는 조사를 받으며 아내가 곧장 연석에서 내려섰다고 말했다. 차 세울 틈도 없었다고……. 그때 현관에서 목소리가 들려왔다. 클랜든의 생각은 거기서 멈췄다.

"밀러 양이 오셨어요." 하녀가 말했다.

그녀가 들어왔다. 그는 평생 단 한 번도 혼자서 그녀를 만난 적이 없었다. 더구나 우는 모습을 본 적도 없었다. 그녀는 너무나 슬퍼했다. 당연히 그럴 수밖에. 안젤라는 그녀에게 고용주 이상의 존재였으니까. 둘은 친구였다. 그가 의자 하나를 그녀에게 밀어주며 앉으라고 권했다. 그의 생각에 밀러 양은 비슷한 부류의 다른 여자들과 크게 다를 바가 없었다. 시시 밀러 같은 여자는 숱하게 많았다. 서류 가방을 든 검은색 옷차림의 생기 없는 아가씨들. 하지만 누구에게든 연민을 느끼는 데 일가견이 있는 안젤라는 시시 밀러에게서 온갖 장점을 찾아냈다. 그녀는 신중함의 화신 같았다. 워낙 말수가 적어 상당히 미더웠고, 누구든 그녀에게 어떤 얘기라도 꺼내 상의할 수 있었다.

밀러 양은 선뜻 입을 열지 못했다. 손수건을 눈에 살짝 대며 가만히 앉아 있었다. 그러다 애써 입을 열었다.

"죄송합니다, 클랜든 씨." 그녀가 말했다.

그가 낮은 소리로 중얼거렸다. 물론 그는 이해했다. 지극히 당연한 일이었다. 그는 아내가 밀러 양에게 어떤 존재였는지 짐작했다.

"여기서 내내 정말 잘 지냈어요." 그녀가 주위를 둘러보며 말했다. 그의 뒤쪽에 놓인 필기용 탁자에 그녀의 시선이 머물렀다.

바로 그 탁자에서 그녀와 안젤라가 함께 일했었지. 안젤라는 유명 정치가의 아내라면 운명처럼 안고 갈 여러 가지 일을 감당했다. 그의 정치 경력에 안젤라가 크나큰 도움이 되었다. 그는 아내와 시시가 그 탁자에 함께 앉아 있는 모습을 자주 봤다. 타자기를 앞에 두고 시시는 아내가 불러주는 대로 편지를 타이핑하곤 했다. 밀러 양도 그때를 생각하는 게 분명했다. 이제 그가 해야 할 일은 아내가 남긴 브로치를 밀러 양에게 주는 것뿐이었다. 어쩐지 그건 뭔가 어울리지 않는 선물 같아 보였다. 차라리 돈이라든가 아니면 타자기라도 남겼으면 좋았을걸. 하지만 남긴 건 브로치였다. "시시 밀러에게, 나의 사랑을 담아." 그는 준비해 두었던 짧은 말을 전하며 브로치를 들어 그녀에게 건넸다. 아내가 아끼던 겁니다. 자주 달았죠……. 그러자 밀러 양이 브로치를 받으며 역시나 미리 준비했던 것처럼 한마디 했다. 언제까지나 소중히 간직할게요……. 그가 생각하기에 진주 브로치를 달면 그럭저럭 어울릴 만한 다른 옷이 밀러 양한테 있겠지 싶었다. 저 정도로 어색하진 않을, 다른 옷. 지금 그녀는 업무상 입는 유니폼 같은 짧은 검정색 외투와 치마를 입고 있었다. 순간, 문득 떠올랐다. 그래, 상중이구나. 그녀 역시 최근에 비극적인 일을 겪었던 것이다. 안젤라가 세상을 떠나기 한두 주 전에, 그녀는 사랑하는 오빠를 잃었다. 어떤 사고였지? 기억이 나지 않았다. 안젤라한테 그 소식을 듣기만 했다. 측은지심이 많은 안젤라는 그 일로 굉장히 심란해했다. 클랜든이 이런 생각을 하는 사이에 시시 밀러는 자리에서 일어나 장갑을 끼고 있었다. 방해하지 말아야 한다고 느낀 게 분명했다. 하지만 그는 비서의 앞날에 대해 아무런 말도 없이 그냥 보낼 수가 없었다. 앞으로 계획이 뭡니까? 어떻게든 내가 도울 일이 있나요?

그녀는 탁자를 가만히 바라보았다. 예전에 타자기를 놓고 앉아 있던 탁자. 그리고 지금은 일기장이 놓여 있는 탁자. 안젤라에 대한 추억에 잠긴 밀러 양은 도와주겠노라 하는 클랜든의 제안에 선뜻 대답하지 않았다. 아무래도 순간적으로 이해하지 못한 모양이었다. 그래서 그가 다시 말했다.

"앞으로 어떻게 하실 겁니까, 밀러 양?"

"앞으로요? 아, 괜찮아요, 클랜든 씨." 그녀가 소리치다시피 답했다. "괜히 제 일로 신경 쓰지 마세요."

그는 그녀가 경제적 도움이 필요하지 않다는 뜻으로 한 말이라고 받아들였다. 그런 제안은 편지로 하는 게 더 낫겠다고 생각했다. 지금으로선 그녀의 손을 꼭 잡으며 이렇게 말하는 수밖에 없었다.

"밀러 양, 잊지 말고 연락 주시오. 뭐라도 내가 도울 일이 있으면 정말 기쁠 거요……" 그런 다음 그가 문을 열었다. 그녀는 불현 듯 무슨 생각이라도 떠올랐는지 입구에서 잠깐 멈춰 섰다.

"클랜든 씨." 그녀가 처음으로 그를 똑바로 보고 말했다. 동시에 처음으로 그는 그녀의 눈빛에서 연민과 동시에 뭔가 살피는 듯 한 느낌을 받았다. "언제라도 제가 뭐든 도울 일이 있으면 잊지 말고 연락 주세요. 부인을 위해 뭐라도 도움이 되면 정말 기쁠 거예요……."

밀러 양은 이렇게 말하고는 가버렸다. 그녀의 말과 표정은 왠지 뜬금없었다. 마치 자기가 필요할 일이 생긴다고 믿거나 그러길 바라는 것 같았다. 길버트 클랜든은 그녀를 보내고 의자로 돌 아서며 기발하고, 어쩌면 엉뚱하기도 한 생각을 떠올렸다. 그 가 그녀에게 거의 관심을 두지 않았던 수년간, 소설가들이나 하는 얘기처럼 설마 남몰래 그를 열렬히 사모하거나 그랬던 걸 까? 그는 의자 가까이 다가가 거울에 비친 자기 모습을 보았다. 쉰을 넘기긴 했지만 거울에 비친 모습대로 아직은 아주 기품 있는 용모의 사내라고 스스로 인정할 수밖에 없었다.

"참 딱하네, 시시 밀러!" 그가 피식거리며 말했다. 아내와 이런 농담을 주고받으면 정말 좋으련만! 그는 반사적으로 아내의 일 기장을 펼쳤다. "길버트는" 아무 페이지나 펼쳐서 읽었다. "너무나 근사해 보였다……." 그의 궁금증에 아내가 답이라도 하는 느낌이었다. '그럼요, 당신은 여자들한테 정말 매력적인 남자예요. 물론 시시 밀러도 그렇게 느꼈죠.'라고 말하는 듯했다. 일기를 계속 읽었다. "내가 그의 아내가 되다니 정말 뿌듯하다!" 그리고 길버트도 그녀의 남편이어서 매사에 아주 뿌듯했다. 부부가 어디 외식이라도 가면 그는 맞은편에 앉은 아내를 바라보며 '여기서 제일 아름다운 여자야!'라는 혼잣말을 할 때가 많았다. 일기를 계속 읽었다. 그가 국회의원에 출마했던 첫 해. 두 사람은 함께 선거구를 순회했다. "길버트가 자리에 앉자 박수갈채가 터져 나왔다. 청중이 전부 일어나 목청을 높였다. '유쾌하고 멋진 친구.' 그 분위기에 나는 숨이 턱 막힐 지경이었다." 그 역시 그때 상황이 기억났다. 안젤라는 연단 위에서 그의 옆에 앉아 있었다. 그를 잠깐 보던 아내의 눈빛과 눈물이 맺힌 모습이 아직도 아른거렸다. 그다음은 뭐지? 페이지를 넘겼다. 그들은 베니스에 간 적이 있었다. 선거 후에 함께 보낸 행복한 휴가가 떠올랐다. "플로리안 카페에서 아이스크림을 먹었다." 그가 싱긋 웃었다. 아내는 여전히 아이였다. 아이스크림을 어찌나 좋아했었는지. "길버트가 베니스의 역사에 대해 정말 재미있게 설명해 주었다. 그가 말하기론 고대 베니스의 총독들이……" 그녀는 이 모든 내용을 여학생 필체로 단정히 적어 두었다. 안젤라와 함께 여행을 다니면 여러모로 즐거웠다. 그녀가 뭐든 열심히 배우고 싶어 했다는 게 한 몫했다. 그녀는 모르는 게 너무 많다고 입버릇처럼 말하곤 했다. 마치 그게 자기 매력의 일부인 듯이. 그리고 그가 다음 일기장을 펼치자 부부는 런던으로 돌아와 있었다. "나는 좋은 인상을 주고 싶은 마음이 간절했다. 그래서 혼례복을 꺼내 입었다." 그는 나이 든 에드워드 경 옆에 앉은 그녀 모습이 떠올랐다. 그녀는 길버트의 상관이었던 그 만만찮은 노인네의 마음을 얻어 내고야 말았다. 길버트는 일기를 빠르게 읽어 내려가며 그녀가 조각조각 새겨놓은 글을 통해 과거의 장면을 하나하나 채워 갔다. "하원 의사당에서 정찬을 들었다…… 러브그로브스에서 야회가 열렸다. L 부인이 나더러 길버트의 아내로서 책임을 실감하느냐고 물었다." 그리고 세월이 흐르면서 — 그가 탁자에 놓인 다른 일기장을 집어 들었다 — 길버트는 점점 더 일에 열중했다. 그러자 당연히 안젤라는 점점 더 혼자 있게 되었다……. 둘 사이에 아이가 없다는 사실이 그녀에게 큰 슬픔이었음이 분명했다. 어느 날의 일기 첫 구절에 이렇게 적혀 있었다. "길버트에게 아들이 있다면 얼마나 좋을까!" 그런데 이상하게도 길버트 본인은 그 점을 별로 아쉬워한 적이 없었다. 삶 자체가 전혀 부족함 없이 풍요로웠다. 그해 그는 정부 내의 하급 관리직에 올랐다. 그리 중요하지 않은 자리였는데도 아내의 평은 이러했다. "장담컨대 그이는 장차 총리가 될 것이다!" 뭐, 혹시 상황이 달리 흘러갔다면 그랬을지도 모를 일이었다. 길버트는 정치가 도박이라고 생각했다. 하지만 게임은 아직 끝나지 않았다. 나이 쉰에는 아니다. 그는 페이지를 계속 넘기며 그녀의 삶을 채웠던 자잘하고 대수롭지 않은 행복한 일상의 조각들을 빠르게 훑어 내려갔다.

길버트는 다른 일기장을 집어 들어 아무 데나 펼쳤다. "나는 진짜 겁쟁이다! 또다시 기회를 놓쳐버렸다. 하지만 내 문제로 그이를 귀찮게 하는 건 이기적인 일 같았다. 그이는 생각할 게 워낙 많으니까. 게다가 우리가 단 둘이 저녁 시간을 보내는 때가 좀처럼 없으니." 이게 무슨 뜻일까? 아, 여기 설명이 있네. 이스트 엔드에서 그녀가 하던 일에 관한 내용이었다. "나는 가까스로 용기를 내 드디어 길버트에게 말을 꺼냈다. 그이는 아주 다정하고 정말 좋은 사람이다. 아무런 반대도 하지 않았다." 그는 그 대화가 떠올랐다. 아내는 자신이 너무 나태하고 너무 쓸모없는 존재처럼 느껴진다고 말했다. 뭔가 자기만의 일을 하고 싶어 했다. 다른 사람들을 돕기 위해 뭔가를 하고자 했다. 그녀가 바로 저 의자에 앉아서 그 얘기를 할 때 너무나 곱게 얼굴이 발그레해졌던 기억이 났다. 그가 아내를 살짝 놀리기도 했었다. 남편과 집을 건사하는 일로는 만족하지 못했던 걸까? 하지만 일을 해서 그녀가 즐겁다면야 당연히 그로선 반대할 이유가 없었다. 그게 무슨 일이지? 지역이 어디라고? 어느 위원회? 건강을 해치지 않겠다고 약속만 하면 허락할게. 그때부터 아내가 수요일마다 화이트채플에 가는 것 같았다. 거기 갈 때마다 아내가 입던 옷을 그가 질색했던 기억이 났다. 그러든 말든 그

녀는 그 일을 아주 진지하게 받아들였던 것 같았다. 일기장에
는 온통 이런 내용이었다. "존스 부인을 만났다…… 그녀는 자
식이 열 명이다…… 부인의 남편은 사고로 한 팔을 잃었다……
나는 릴리의 일자리를 찾아 주려고 최선을 다했다." 그는 내용
을 건너뛰며 읽었다. 자기 이름이 언급되는 빈도수가 줄어들었
다. 그래서인지 흥미가 떨어졌다. 뭐 하나 떠오르는 게 없는 부
분도 있었다. 예를 들면 이런 것. "B. M.과 사회주의에 대해 격
론을 벌였다." B. M.이 누구지? 그 머리글자로 떠오르는 사람
이 없었다. 아마 아내가 위원회에서 만난 어떤 여자이겠거니
했다. "B. M.이 상류층에게 맹공을 퍼부었다……. B. M.을 만
난 모임 후에 뒤로 물러섰다가 다시 그를 설득하려고 애썼다.
하지만 그는 너무 편협하다." 그렇다면 B. M.은 남자구만. 보나
마나 자칭 '지식인'입네 하는 사람이군. 안젤라 말마따나 쉽게
격분하고 편협해 빠진. 그녀가 그자를 초대해서 만났던 게 분
명했다. "B. M.이 만찬에 초대되어 왔다. 그런데 미니와 악수를
하는 게 아닌가!" 감탄 부호까지 쓴 걸 보고 길버트는 또 다른
방향으로 상상의 나래를 펼쳤다. 아무래도 B. M.은 접객 하녀
에게 익숙하지 않은 모양이었다. 미니와 악수를 한 걸 보니. 숙
녀의 응접실에서 자기 의견을 떠벌리는 줏대 없는 노동자 계
급의 사내인 것 같았다. 길버트는 그런 부류를 잘 알았다. B.
M.인지 누군지 그런 유별난 녀석은 딱 질색이었다. 그가 또 등
장했다. "B. M.과 함께 런던탑에 갔다……. 그가 틀림없이 혁명

이 일어날 거라고 말했다……. 우리가 헛된 행복 속에 살고 있다고도 했다." 그런 게 바로 B. M. 같은 자가 떠드는 소리였다. 길버트는 그의 말이 들리는 듯했다. 그의 모습도 똑똑히 보이는 것 같았다. 부스스한 턱수염에 빨간 넥타이, 그런 부류가 늘 입는 트위드 옷을 걸친 땅딸막한 사내. 평생 단 하루도 충실하게 일해 본 적 없는 부류. 분명 안젤라는 그런 자를 간파할 분별력이 있었겠지? 길버트는 계속 읽어 내려갔다. "B. M.이 ―에 대해 뭔가 아주 불쾌한 이야기를 했다." 이름을 공들여 지운 흔적이 보였다. "―를 욕하는 말은 더 이상 듣고 싶지 않다고 그에게 말했다." 그 이름이 또 지워져 있었다. 그게 길버트의 이름이었을까? 그래서 그가 방에 들어오면 안젤라가 황급히 일기를 가렸을까? 그런 생각이 들자 길버트는 B. M.이 더 싫어졌다. 그자가 건방지게 바로 이 방에서 길버트에 대해 이러니저러니 평했던 것이다. 어째서 안젤라는 단 한 번도 얘길 꺼내지 않았을까? 뭐든 숨기는 건 전혀 안젤라답지 않았다. 솔직함 그 자체인 사람이었는데. 길버트는 페이지를 넘기며 B. M.을 언급한 부분을 전부 찾아 읽었다. "B. M.이 자기 어린 시절 이야기를 들려주었다. 그의 어머니는 남의 집 허드렛일을 하러 다녔다……. 그 생각을 하니 차마 이런 사치스러운 생활을 계속할 수가 없다……. 모자 하나에 3기니가 웬 말인지!" 안젤라가 그런 문제를 길버트와 상의했으면 얼마나 좋았을까! 이해하기에 버거운 문제를 붙든 채 변변찮은 작은 머리로 끙끙대지 말고.

그자는 그녀에게 책을 몇 권 빌려주기도 했었다. 칼 마르크스, 다가오는 혁명. B. M.이라는 머리글자가 줄기차게 계속 등장했다. 그런데 왜 전체 이름은 없을까? 약식으로 친밀하게 머리글자를 쓰다니 전혀 안젤라답지 않았다. 그녀는 면전에서도 그를 B. M.이라고 불렀을까? 길버트는 일기를 계속 읽었다. "저녁 식사 후에 B. M.이 불쑥 찾아왔다. 다행히 나 혼자 있을 때였다." 고작 일 년 전 일이었다. '다행히 — 어째서 다행이라는 거지? — 나 혼자 있을 때였다.' 그날 밤 길버트는 어디에 있었을까? 일정 관리 수첩에서 그 날짜를 확인해 보았다. 시장 관저 만찬회가 있던 밤이었다. 그런데 그날 B. M.과 안젤라가 단 둘이 저녁을 보냈다는 거지! 길버트는 그날 저녁을 기억해 내려 애썼다. 집에 돌아왔을 때 안젤라가 그를 기다리고 있었던가? 방이 평소랑 똑같았던가? 탁자에 잔이 여러 개 있었던가? 의자가 서로 바싹 붙어 있었던가? 그는 아무것도 기억하지 못했다. 시장 관저 만찬회에서 자기가 한 연설 말고는 아무것도 기억이 안 났다.

그는 점점 더 갈피를 잡을 수 없었다. 혼자 있는 아내가 집에 모르는 사내를 들이다니. 다음 일기장을 보면 설명이 되겠지. 그는 서둘러 마지막 일기장을 집었다. 아내가 미처 다 채우지 못하고 떠난 일기장이었다. 맨 첫 장에 그 지긋지긋한 놈이 또 등장했다. "B. M.과 단 둘이 식사를 했다……. 그가 너무 불안해했다. 그는 우리가 서로를 이해할 때가 되었다고 말했다…….

내 말을 좀 들어 보라고 했지만 그는 도무지 듣지 않았다. 그가 협박조로 말했다. 만약에 내가……" 그 페이지의 나머지 부분은 지워져 있었다. 그녀는 그 페이지 전체에다 온통 "이집트, 이집트, 이집트"라는 글자를 덮어썼다. 단 한 글자도 알아볼 수가 없었다. 다만 한 가지 해석은 가능했다. 그 비열한 자식이 안젤라에게 자기 정부가 되어 달라 한 것이었다. 길버트의 방에 단둘이 있었다니! 길버트 클랜든의 얼굴이 확 달아올랐다. 그는 급히 페이지를 넘겼다. 안젤라의 답은 뭐였을까? 더 이상 머리글자는 없었다. 이제는 그냥 "그"라고 돼 있었다. "그가 다시 찾아왔다. 나는 어떤 결정도 내릴 수 없다고 말했다…… 부디 날 떠나라고 그에게 애원했다." 그 자식이 바로 이 집에서 안젤라를 협박했다니. 그런데 도대체 그녀는 왜 얘기를 안 했을까? 대체 어떻게 한 순간이라도 망설일 수 있지? 다음에 "그에게 편지를 썼다"라고 적혀 있었다. 그 뒤의 몇 페이지가 비어 있었다. 그리고 이게 나왔다. "내 편지에 답이 없다." 빈 페이지가 몇 장 이어진 다음 이렇게 적혀 있었다. "그가 협박조로 말한 일을 기어이 저질렀다." 그 뒤에는? 그다음엔 어떻게 된 거지? 페이지를 계속 넘겨봤다. 전부 비어 있었다. 그러다 그녀가 죽기 바로 전날 일기에 이런 내용이 있었다. "그럴 용기가 나한테도 있을까?" 그게 끝이었다.

길버트 클랜든의 손에서 일기장이 스르르 미끄러져 바닥에 툭 떨어졌다. 그의 눈앞에 안젤라가 보이는 듯했다. 그녀가 피커딜리 거리의 도로 연석에 서 있었다. 두 눈은 뭔가를 응시했다. 두 주먹은 꽉 쥐어진 채. 자동차가 다가왔다…….

길버트는 견딜 수가 없었다. 기어코 진실을 알아야 했다. 그가 전화기 쪽으로 성큼성큼 걸어갔다.

"밀러 양!" 수화기 저편이 조용했다. 누군가가 방 안에서 움직이는 소리만 들릴 뿐이었다.

"시시 밀러입니다." 비로소 그녀의 목소리가 들렸다.

"B. M.이 누구요?" 그가 고함치듯 물었다.

그녀의 벽난로 선반에 놓인 싸구려 시계가 똑딱거리는 소리가 수화기 너머로 들렸다. 그때 긴 한숨소리가 이어졌다. 그러다 드디어 그녀가 입을 열었다.

"저희 오빠예요."

그 자식이 밀러의 오빠였다니. 자살했다던 오빠. "제가 설명할 게 있을까요?" 시시 밀러가 묻는 소리가 들렸다.

"없소!" 그가 소리쳤다. "없다고!"

그는 이렇게 유산을 받았다. 아내가 그에게 진실을 말해 준 것
이다. 그녀는 연인과 재회하기 위해 연석에서 내려섰다. 길버트
에게서 벗어나기 위해 연석에서 발걸음을 떼고 만 것이다.

거울 속의 여인

THE LADY IN THE LOOKING-GLASS [1929]

그 순간 거울이 그녀를 향해 빛을 쏟아냈다.
빛이 그녀를 꼼짝 못하게 하는 것 같았다.
그 빛은 비본질적이며 피상적인 것을 뜯어내고
오직 진실만 남겨두는 어떤 산성 물질이라도
된 듯했다. 매혹적인 광경이었다.
그녀에게서 모든 것이 떨어져 나갔다.

끔찍한 범죄를 고백하는 편지나 수표장을 펼쳐두면 안 되듯, 거울을 방 안에 내버려두면 안 된다. 그 여름날 오후, 홀에 걸린 기다란 거울을 들여다보지 않을 수 없었다. 우연히도 그날의 상황이 그랬다. 응접실 소파에 몸을 맡기고 보니 이탈리아제 거울에 비치는 광경이 눈에 들어왔다. 대리석 상판을 씌운 맞은편 탁자는 물론이고 그 너머의 정원까지. 둑을 따라 이어진 키 큰 꽃들과 그 사이로 난 잔디밭 오솔길 풍경이 금빛 테두리에 의해 잘려나갔다.

집은 비어 있었다. 거실에 혼자 있으니 동물학자라도 된 느낌이었다. 풀과 나뭇잎을 뒤집어쓰고 눈에 띄지 않은 상태로 조용히 누워 오소리, 수달, 물총새 같은 겁 많은 짐승들이 돌아다니는 모습을 지켜보는 사람. 그날 오후 방을 가득 채운 것은 그런 겁 많은 녀석들, 빛과 그림자, 흔들리는 커튼, 떨어지는 꽃잎이었다. 누군가가 쳐다보고 있다면 절대 벌어지지 않을 광경이겠지. 양탄자, 석재 벽난로 선반, 움푹 들어간 책장, 붉은색과 금색의 옻칠 진열장이 자리한 고즈넉한 낡은 시골집의 방은 그런 야행성 동물들로 가득했다. 녀석들은 마루를 가로질러 발끝으로 돌기도 하고 한껏 치켜든 발과 뻗은 꼬리로 우아하게 걷기도 하고 부리 같은 주둥이로 바닥을 쪼며 들어왔다. 마치 연분홍색 우아한 홍학 무리나 두루미, 혹은 은빛 꼬리를 펼친 공작 같았다. 오징어가 느닷없이 자줏빛 먹물을 뿜어내듯 주위가 희미하게 장밋빛으로 물들다가 이내 거뭇해지기도 했다. 그 방은 마치 사람처럼 격정과 분노와 질투와 슬픔으로 가득 차 있었다. 무엇 하나 한시도 가만있지 않았다.

하지만 홀에 있는 거울에 비친 탁자와 해바라기와 정원 산책길은 너무나 또렷하고 정확해서 실제로 거울 안에 있는 것 같았다. 참 묘한 대조였다. 여기는 모든 것이 변화무쌍한데 저기는 모든 게 고정되어 있었다. 여기와 저기를 비교해 보지 않을 수 없었다. 그런가 하면 더위에 문이며 창문을 모두 열어 두었던 터라 끊임없이 숨을 내쉬고 그치는 소리가 났다. 잠깐 살다 소멸하는 존재에게서 나는 소리가 마치 인간의 호흡처럼 들숨 날숨으로 들렸다. 반면 거울 속의 사물들은 숨을 멈춘 채 불멸의 황홀경 속에서 누워 있었다.

삼십 분 전, 이 집의 안주인 이사벨라 타이슨은 얇은 여름 원피스 차림으로 바구니를 들고 잔디밭 오솔길로 내려가 거울의 금빛 테두리 밖으로 사라졌다. 꽃을 따러 아래쪽 정원에 갔을 것이다. 아니, 그보다는 뭔가 가볍고 색다르고 잎이 많으며 길게 늘어지는 것을 꺾으러 갔다고 보는 편이 낫겠다. 클레마티스라든가, 보기 흉한 담벼락을 휘감고 여기저기 흰색과 보라색 꽃망울을 터뜨리는 삼색메꽃의 우아한 가지 같은 것 말이다. 이사벨라는 꼿꼿한 과꽃이나 뻣뻣한 백일초도 아닌, 곧추선 장미 나무 기둥에 램프처럼 불타는 장미도 아닌, 어딘가 색다르고 한들거리는 삼색메꽃을 연상시켰다. 이런 비유만 보더라도 그녀와 친분이 오래되었는데 정작 그녀에 대해 아는 게 별로 없다는 걸 알 수 있다. 쉰다섯이나 예순 정도의 평범한 여자가 정말로 화환이나 덩굴손 같은 존재가 될 수는 없는 노릇이니까. 그런 비유는 무익하고 피상적인 것도 모자라 심지어 잔인하기까지 하다. 그런 비유는 눈에 보이는 것과 진실 사이에 끼어든, 흔들리는 메꽃 같은 것이다. 필시 진실이 있다. 벽도 있을 것이다. 하지만 오랜 세월 이사벨라를 알고 지냈는데 그녀에 관한 진실이 뭔지 말할 수 없다는 자체가 이상했다. 그래서 삼색메꽃과 클레마티스에 관한 그런 표현들이 나왔으리라. 몇 가지 사실을 말하자면, 그녀는 혼기를 훌쩍 넘긴 미혼 여성이었다. 그리고 부자였다. 이 집을 샀고, 지금 눈앞에 보이는 양탄자며 의자며 장식장을 손수 수집했다. 수시로 세계 곳곳의 오지를 다니며, 독침을 맞거나 동양의 질병에 걸릴 크나큰 위험을 무릅쓰면서 그것들을 모았다. 우리가 앉거나 글쓰기를 위한 받침으로 삼고, 또는 조심스레 밟고 다니는 그 물건들이 정작 우리보다 이사벨라를 더 많이 아는 것처럼 보였다. 장식장마다 작은 서랍이 많았다. 서랍에는 어김없이 편지가 들어 있었다. 라벤더 가지나 장미 잎사귀로 장식하고 리본으로 묶어 둔 편지들. 사실을 말하자면 또 있었다. 그녀가 아는 사람이 많았고 친구도 많았다는 것. 대담하게 서랍을 열어 편지를 읽어 본다면 숱한 설렘과 만남의 약속, 그리고 만나지 않은 데 대한 자책의 흔적을 확인할 수 있을 것이다. 친밀함과 애정이 묻어나는 장문의 편지, 질투와 비난이 담긴 격정적인 편지, 마지막으로 이별을 통보하는 지독한 글도 있겠지. 그러나 그 모든 만남과 약속은 별 소용이 없었다. 결국 이사벨라는 결혼하지 않았으니까. 허나 가면을 쓴 듯한 무심한 얼굴을 보자면 온 세상이 들으라고 동네방네 사랑을 떠벌리는 이들보다 스무 배도 넘게 열애와 풍파를 겪었음 직했다. 이사벨라 생각에 골몰하는 사이 그녀의 방이 한층 어슴푸레해지니 자못 상징적이었다. 구석구석 더 거뭇해진 듯했다. 의자와 탁자 다리가 가늘어지며 보일 듯 말 듯했다.

거울에 비치던 이런 모습이 돌연 휙 하니 사라졌다. 소리도 남기지 않았다. 검고 커다란 물체가 거울로 불쑥 나타나 모든 것을 완전히 가로막더니, 분홍과 회색 줄무늬가 있는 얇은 판 한 무더기를 탁자에다 흩어 놓고 사라졌다. 거울 속 풍경이 완전히 바뀌었다. 당장은 알아볼 수도 없고 분별도 안 됐다. 아예 초점이 맞지 않았다. 이 판을 어디다 쓰는지 알 수 없었다. 그러다 차츰 논리적 사고가 조금씩 발동하면서 생각을 정리하고 일상의 경험으로 가늠하기 시작했다. 비로소 그것들이 편지라는 걸 깨달았다. 그 남자가 우편물을 가져온 것이다.

대리석 탁자에 편지들이 놓였다. 빛과 색이 가득 내려앉았다. 그 상태로 흡수되지 않은 채 날것으로 빛나고 있었다. 그러다 그것들이 거울 속으로 들어가 가지런히 제자리를 찾으며 영상의 일부가 되고 거울에게서 고요함과 영원함을 부여받는 과정을 보자니 기이했다. 편지들은 새로운 실체와 의미를 띠고 더 막중한 무게를 지닌 채 가만히 놓여 있었다. 치우려면 끌이 필요할 정도로 묵직하게 들러붙어 있는 듯했다. 공상이든 아니든 그것들은 한낱 평범한 편지 꾸러미가 아니라 영원한 진실이 새겨진 명판 같았다. 그것들을 읽을 수 있다면 이사벨라에 대해, 그리고 인생에 대해 전부 알 것만 같았다. 대리석처럼 보이는 봉투 안에 있는 종잇장마다 깊은 의미가 밑줄과 함께 진하게 아로새겨져 있음이 틀림없었다. 이사벨라가 방에 들어와 아주 천천히 편지를 하나씩 집어 들어 봉투를 열고 한 글자 한 글자 꼼꼼히 읽어 볼 것이다. 그런 다음 모든 것의 심연까지 목격한 사람처럼 탄식하며 봉투를 찢어 버리고 편지를 한데 묶어서 장식장 서랍에 넣고 잠그겠지. 알려지지 않길 바랄 테니까.

이런 생각은 도전이나 마찬가지였다. 이사벨라는 숨기려 하지만 더는 도망치면 안 된다. 그건 어리석고 어처구니없는 짓이다. 혹시 그녀가 너무 많이 감추고 너무 많이 알고 있다면 제일 먼저 손에 잡히는 도구 — 상상력 —를 써서 그녀를 비틀어 열어야만 한다. 그 순간 오로지 이사벨라에 전념할 것. 그녀를 단단히 붙잡아 둘 것. 만찬과 방문과 정중한 대화에서 순간적으로 나오는 말과 행동에 휘둘리지 말 것. 그녀의 신발을 신어 보듯 그녀의 입장으로 생각해야 한다. 이 말을 글자 그대로 받아들여 지금 이 순간 아래 정원에 내려가 있는 그녀의 신발을 본다. 이사벨라의 구두는 유행하는 신발이었다. 폭이 아주 좁고 길쭉했다. 더없이 부들부들하고 신축성 있는 가죽으로 만든 구두였다. 그녀가 걸치는 모든 게 그렇듯 구두도 아주 아름다웠다. 그녀는 정원 아래쪽에 있는 키 큰 생울타리 아래에 서서 허리에 묶어 둔 가위를 들고 시들어 죽은 꽃과 웃자란 가지를 자르고 있을 것이다. 햇볕이 그녀의 얼굴 위로, 눈 속으로 내리쬐겠지. 하지만 이런, 이 결정적인 순간에 구름이 태양을 가려서 그녀의 눈에 어떤 표정이 담겼는지 애매해졌다. 비웃는 건지 다정한 건지, 빛나는 건지 흐릿한 건지 모르겠다. 하늘을 쳐다보는 고운 얼굴의 어렴풋한 윤곽만 보일 뿐이었다. 그녀는 아마도 생각하고 있을 것이다. 딸기 재배에 쓸 새 망을 주문해야겠다는 것, 존슨의 미망인에게 꽃을 보내야겠다는 것, 그리고 새집으로 이사한 히페슬리 부부를 만나러 차를 몰고 가봐야겠다는 생각. 분명 이사벨라는 저녁 식사 자리에서 그런 얘기를 했다. 하지만 난 그런 이야기는 듣고 싶지 않다. 지금 내가 알고 싶은 것은 그녀 심연의 보다 본질적인 상태였다. 육체에 숨을 불어넣는 정신에 관한, 말하자면 행복한지 불행한지에 대한 것. 이런 말을 하자면 이사벨라는 행복한 것이 확실했다. 그녀는 부자였으니까. 유명했으니까. 친구가 많았고 여행을 다녔으니까. 터키에서 양탄자를 사고 페르시아에서 청자를 샀으니까. 레이스 같은 구름이 그녀의 얼굴을 가리는 동안 그녀는 흔들리는 나뭇가지를 자르기 위해 가위를 들고 서 있었고, 바로 그 자리에서 즐거움의 길이 사방으로 뻗어나갔다.

이사벨라가 가위를 재빨리 놀려 가지를 잘랐다. 클레마티스 가지가 땅으로 떨어졌다. 그게 떨어지면서 분명히 빛도 얼마간 내려앉았다. 확실히 그녀의 본질을 조금 더 깊이 꿰뚫어 볼 수 있었다. 그 순간 그녀의 마음은 애정과 유감으로 가득했다…….웃자란 가지를 자르노라니 슬퍼졌다. 그것이 한때 살아있었고 그녀에게 생명은 소중한 것이었으므로. 그래, 가지가 떨어진 그 순간, 그녀는 자기도 언젠가 죽을 수밖에 없다는 사실을, 존재의 헛됨과 덧없음을 떠올렸을 것이다. 그리고 이런 생각의 끄트머리에 재빨리 순간적인 분별력을 발휘하면서 자기 인생이 잘 흘러왔다는 생각을 했다. 비록 언젠가 스러져 갈 자신이지만 땅에 누워 제비꽃 뿌리 속으로 묻히며 기분 좋게 사라지겠지. 그녀는 그런 생각에 잠겨 서 있었다. 어떤 생각도 명료히 파고들지는 않은 채 — 그녀는 자욱한 침묵 속에 자기 생각을 담가 놓고 간직하는 과묵한 사람이었다 — 이런저런 생각을 했다. 그녀의 마음은 그녀의 방 같았다. 빛줄기가 전진했다 후퇴하고 발끝으로 돌기도 하고 우아한 걸음으로 다가와서는 꼬리를 활짝 펴고 앞길을 쪼아 댔다. 그녀라는 존재는 무언가 조예가 깊고 무언가 후회스러운 기운으로 뒤덮였다. 역시나 그 방처럼. 그녀는 편지로 가득 찬 서랍 같았다. 그녀의 장식장처럼. 그러나 마치 굴이라도 된 것 마냥 그녀를 '비틀어 연다'고 말하는 것, 그것은 가장 정교하고 섬세하며 유연한 도구가 아니라면 그 어떤 것으로도 불경스럽고 터무니없었다. 상상력을 써야 한다. 그녀가 여기 거울 안에 있다고 상상하는 것, 그게 시작이었다.

이사벨라는 처음에 너무 멀리 떨어져 있어서 확실히 보이지 않았다. 느릿느릿 걸으면서 잠깐씩 숨을 돌리며 다가왔다. 장미를 정돈하기도 하고 분홍 꽃을 들어 향기도 맡았는데, 걸음을 멈추지는 않았다. 그사이 거울 속 그녀는 점점 더 커지면서 점점 더 완벽하게 마음속을 파고들었다. 조금씩 그녀의 모습이 드러났다. 그간 발견했던 특징들을 눈앞에 보이는 몸에 맞춰 보았다. 흐린 녹색 원피스, 길쭉한 구두, 바구니, 목덜미에 반짝이는 무언가가 보였다. 그녀가 워낙 서서히 다가왔기에 거울 속의 형상을 흩뜨리지 않았다. 다만 서서히 움직이는 새로운 것을 들여와 다른 물건들을 변화시켰다. 마치 자기 자리를 내달라고 정중히 요청하듯이. 거울 안에서 대기하고 있던 편지 꾸러미와 탁자, 잔디밭 산책길과 해바라기가 흩어져 이사벨라가 들어올 수 있도록 했다. 마침내 그녀가 복도에 들어섰다. 그녀는 탁자

곁에 다가와 우뚝 멈춰 섰다. 꼼짝 않고 가만히 서 있었다. 그 순간 거울이 그녀를 향해 빛을 쏟아냈다. 빛이 그녀를 꼼짝 못하게 하는 것 같았다. 그 빛은 비본질적이며 피상적인 것을 뜯어내고 오직 진실만 남겨두는 어떤 산성 물질이라도 된 듯했다. 매혹적인 광경이었다. 그녀에게서 모든 것이 떨어져 나갔다. 스카프, 원피스, 바구니, 다이아몬드. 덩굴이며 삼색메꽃이라 불리던 모든 것이 떨어졌다. 그 이면에 단단한 벽이 있었다. 그리고 그녀 자신이 있었다. 가차 없는 그 빛 속에 맨몸으로 서 있는. 아무것도 없었다. 이사벨라는 완전히 비어 있었다. 아무 생각도 없었다. 친구도 없었다. 보살필 사람도 없었다. 그녀의 편지, 그건 모두 청구서였다. 저기 서 있는 그녀를 보라. 늙고 비쩍 마른 데다 핏줄이 드러난 주름투성이 모습으로 우뚝한 코와 주름진 목을 드러낸 그녀를. 청구서를 뜯어보지도 않는 모습을.

방안에 거울을 달아 두면 안 되는 법이다.

초상

PORTRAITS [1985]

항상 느끼기론 나는 정말로 피렌체에 살고 있다.
정신적으로 말이지. 실제 삶에서도
우리는 정신적으로 살고 있다고 생각하지 않나?

점심을 기다리며

작은 벌새들이 나팔 꽃송이 안에서 파르르 날갯짓할 때, 코끼리들이 석판 같은 거대한 발로 진창을 걸어갈 때, 야만인이 짐승 같은 눈빛으로 카누를 밀며 갈대밭을 떠날 때, 페르시아 여인이 자식의 머리맡에 앉아 이를 잡을 때, 우아한 무늬를 자아내며 짝짓기를 하던 얼룩말들이 지평선을 가로지르며 내달릴 때, 약간의 살점과 반쯤 남은 꼬리만 붙어 있는 뼈다귀를 쪼아대는 독수리 소리, 그 소리가 텅 빈 검푸른 하늘에 울려 퍼질 때, 루부아 부부는 그 어떤 것도 보거나 듣지도 못했다.

구깃한 셔츠에 반들반들한 상의를 걸치고 허리춤엔 앞치마를 두른 채 머리를 매끈하게 넘긴 웨이터가 접시 씻는 수고를 던답시고 손에 침을 뱉어 접시를 닦을 때, 참새들이 도로에 떨어진 조그만 분변에 모여들 때, 철도 건널목의 철문이 저절로 닫힐 때, 철제 레일을 실은 화물차, 오렌지 상자를 실은 화물차, 몇 대의 자동차와 당나귀가 끄는 수레로 인해 교통이 막힐 때, 노인이 공원에서 종이봉투를 푹푹 찔러댈 때, 새 정글 영화를 선전하는 광고 불빛이 극장 건물 위에서 번쩍일 때, 북반구의 구름 떼 덕분에 푸르고 탁한 구름 한 조각이 잠시나마 세느 강 수면에 비칠 때, 루부아 부부는 겨자 단지와 양념통, 그리고 대리석 식탁의 누런 틈을 응시했다.

작은 벌새가 파르르 날갯짓했다. 철문이 열렸고 화물차가 움직이기 시작했다. 루부아 부부의 눈이 반짝 빛났다. 머리가 반지르르한 웨이터가 대리석 식탁 위에 트리프[16] 한 접시를 탁 내려놓았기 때문이다.

기차를 탄 프랑스 여인

지독하게 수다스럽고 늘어진 데다가, 테이퍼[17]마냥 즙 많은 양
배추 아랫잎을 들척이며 쿵쿵대고, 풀떼기를 파헤치나 싶다
가, 삼등칸 객차에 타고 가면서도 한입거리 소문에 열을 올리
는…… 알퐁스 부인이 요리사에게 말했다…… 가죽이 두껍고
넙데데한 어떤 괴물의 큰 귀에 걸려 있는 듯 귀걸이가 흔들렸
다. 누렇고 뭉툭한 앞니로 양배추 줄기를 덥석 깨무는데 씻 하
는 소리와 함께 침도 찔끔 나온다. 꾸벅꾸벅 조느라 흔들리는
머리통과 뚝뚝 떨어지는 침 줄기, 그 뒤쪽으로 줄곧 프로방스
의 잿빛 올리브가 빛을 내며 선명하게 도드라지고 뒤틀린 앙상
한 가지와 구부정한 농부들이 함께 꾸깃꾸깃한 배경을 이룬다.

런던에서 알퐁스 부인이 탄 삼등칸 객차에는 시꺼먼 벽면에 번
들대는 광고가 도배되어 있다. 부인은 남편의 무덤에 놓인 꽃
다발을 바꾸기 위해 하이게이트를 가는 도중 클래펌 환승역을
지나칠 것이다. 그녀는 환승역 구석에서 검은 가방을 무릎에
올려 두고 앉는다. 가방에는 〈메일〉지 한 부와 왕실 공주들의
사진 한 장이 들어 있다. 식은 소고기와 피클 냄새, 천막형 커

---

17 Tapir. 맥(貘). 코가 뾰족한 돼지 비슷하게 생긴 동물.

튼과 일요일의 교회 종, 교구 목사의 목소리가 거쳐간 그 가방 안에 말이다.

이제 그녀는 울룩불룩하고 떡 벌어진 어깨에 전통을 둘러맨다. 그녀의 입에서 침이 흐를 때에도, 멧돼지 같은 눈이 번득일 때에도, 누군가는 야생 튤립이 가득한 들판에서 개구리 우는 소리를 듣겠지. 지중해 파도가 모래를 치는 소리도 들을 것이며, 몰리에르[18]의 목소리도 들을 것이다. 그녀가 짧고 굵은 목에 포도 바구니를 매면 덜컹거리는 기차 소리는 어느샌가 시장판의 와자한 소음으로 바뀐다. 흥분한 숫양과 그 위를 올라탄 사내, 버들로 만든 우리 안에 있는 오리, 그리고 콘 위에 얹은 아이스크림과 치즈와 버터를 덮은 지푸라기, 플라타너스 옆에서 불 게임을 하는 남자와, 분수, 그리고 농부들이 대놓고 자연의 명령을 따른 구석진 곳에서 풍겨오는 지독한 냄새까지.

---

18   Molière 1622-1673, 17세기 프랑스의 대표적인 극작가 이자 희극 배우.

초상 3

나는 프렌치 여관 마당에 앉아 있었다. 내가 보기에 존재의 비밀이란 그저 벽장에 든 박쥐의 해골에 지나지 않는 것 같았다. 수수께끼란 그저 종횡으로 뻗은 거미줄 같은 거니까. 그녀는 너무나 단호해 보였다. 햇볕을 쬐며 앉아 있었다. 모자도 쓰지 않은 채. 햇빛이 그녀에게 쏟아졌다. 그늘도 없었다. 그녀의 얼굴은 누렇기도 하고 불그레하기도 했다. 둥그렇기도 했다. 몸에 열매가 하나 달려 있었다. 사과가 하나 더 있었다. 접시에 놓여 있지 않을 뿐. 젖가슴이 사과처럼 단단하게 그녀의 몸에 달려 블라우스 아래 솟아 있었던 것이다.

나는 그녀를 지켜봤다. 그녀는 파리가 붙어 기어 다니기라도 한 듯 자기 살을 찰싹 쳤다. 누군가 지나갔다. 나는 사과나무의 좁다란 이파리 같은 그녀의 눈이 깜박이는 걸 보았다. 그녀의 조악하고 잔혹한 성정은 이끼 덮인 나무껍질처럼 거칠었다. 그녀는 불멸의 존재였으며 인생의 문제를 말끔히 해결했다.

초상 4

그녀는 그를 해롯 백화점과 국립미술관에 데려갔다. 우선 셔츠부터 사야 했으니까. 그러고 나서 럭비 시로 돌아가 교양을 체득하든 말든 해야지. 그는 양치도 하지 않았다. 이제 그녀는 홀숙부가 추천한 식당에 자리를 잡고 함께 진지한 고민을 할 필요가 있었다. 싸지 않은 걸 원하는지, 혹은 비싸지 않은 걸 원하는지, 그것도 아니면 그가 럭비로 돌아가기 전에 대체 어떤 말을 해줘야 하는지…… 애피타이저가 나오기까지 시간이 한참 걸렸다…… 그녀는 전쟁 전에 연갈색 머리를 한 남자와 여기서 함께 식사했던 기억을 떠올렸다. 그는 그녀를 흠모했음에도 정작 청혼을 하진 않았지. 하지만 그걸 그녀가 어떻게 말해야 할까. 아버지처럼 되어간다는 걸. 그녀는 미망인이었다. 그녀와 결혼한 사람은 목숨을 잃었다. 그가 이를 닦는다고? 그녀가 미네스트로네를 먹을 거라고? 그래, 그러고 나선? 비엔나슈니첼? 풀레마렝고? 거기에 버섯을 곁들여서? 신선하냐고? …… 그래. 하지만 난 그가 마음에 간직할 만한 무슨 말이라도 해야 한다. 뭐랄까, 유혹의 순간에 도움이 되는 말. "우리 엄마는……." 나 원, 왜 이렇게 오래 걸리는지! 옆 테이블에 나온 게 내 애피타이저잖아. 이런, 정어리는 벌써 다 먹어버렸군……

조지는 잠자코 앉아 있었다. 한겨울 물속 깊이 잠겨 있다가 수면으로 올라온 잉어의 눈을 하고서는 유리 꽃병 가장자리 너머 파리들이 춤추는 걸 바라보는 것이다. 여자들의 다리 말이다.

초상 5

"나도 그런 사람들 중 하나지." 그녀가 딱 한 입만 베어 물어 커다란 초승달 모양이 된 설탕 친 페이스트리를 내심 만족스러운 눈길로 내려다보며 말했다. "소름 끼치게 모든 걸 감지하는 사람들 말이야."

그녀가 포크를 반쯤 입으로 가져갔을 때 그녀는 용케도 손을 모피에 비볐다. 방안에 쓰다듬을 게 고양이 한 마리뿐일지라도 그것을 쓰다듬는 게 어머니답고 언니답고 아내다운 다정함이라고 하듯, 모피를 쓰다듬었다. 그런 다음 그녀는 향수 한 방울을 떨어트렸다. 볼에 난 모공 속까지 밴 향수였다. 웬만해선 인정받지 못하는 그녀의 성정에서 가끔씩 악취를 풍기며 발산되는 면모를 향수로 누그러뜨릴 요량이었다. 그녀가 말을 이어갔다.

"병원 사람들이 날 작은어머니라고 불렀지." 그러고는 맞은편에 있는 친구를 바라봤다. 마치 그녀 스스로 그린 자화상에 대해 인정이든 부정이든 가타부타 말해 주기를 기다리는 듯이. 허나 침묵만 흘렀던 터라 그녀는 설탕 친 페이스트리의 마지막 조각을 포크로 찔러서 입에 넣고 삼켰다. 인간의 이기심이 그녀에게 애정의 표시를 허락하지 않아 오직 무생물한테서 그 애정을 보답받는다는 듯이.

초상 6

이건 정말 나한테 가혹한 일이다. 팔십 년대에 태어나야 했던 나는 여기서 무슨 추방자 신세 같다. 단춧구멍에 장미 한 송이도 번듯하게 꽂을 수가 없다. 아버지처럼 지팡이라도 들고 다녔어야 했는데. 본드 가라도 걸어갈라 치면 정장용 실크 모자 대신 중간이 옴폭 들어간 펠트 모자를 썼던 아버지. 그래도 난 여전히 사랑한다. 지금 이런 단어가 적절할지 모르겠지만, 나는 이 사회를 사랑한다. 주름 잡힌 포장지에 싸인 아이스크림처럼 등급이 나뉜 사회. 아, 베스널 그린에 사는 이탈리아 사람들이 아이스크림을 침대 밑에다 보관했다는 건 사실이지. 그뿐인가. 재치 있는 오스카와 미끄러운 바닥에 깔린 호랑이 가죽 — 호랑이가 입을 크게 벌리고 있다 — 위로 서 있던 붉은 입술의 여인도 사랑한다. "하지만 그 여자는 분칠을 하잖아!" (우리 어머니가 그렇게 말했다.) 물론 피커딜리의 여자들을 얘기하는 거다. 그게 나의 세상이었지. 지금은 너도나도 화장을 한다. 모든 게 백설탕처럼 하얗다. 철근과 콘크리트로 만들어진 본드 가의 집들마저도.

반면에 나는 차분한 것을 좋아한다. 베니스를 그린 그림, 다리 위의 소녀들, 낚시하는 사내, 일요일의 평화로움, 어쩌면 너벅선도. 나는 이제 나가서 합승 마차를 탈 것이다. 애디슨 가에서 메이블 숙모와 차를 마셔야지. 숙모 집에는 내가 말하는 그런 것이 있다. 염소, 말하자면 포장도로에서 햇볕을 쬐며 널브러진 염소와 귀족처럼 기품 있는 늙은 염소 말이다. 그리고 채찍에 로스차일드 꿩을 매달고 있는 합승 마차 기사들, 그리고 나처럼 기사 옆 칸에 앉아 있는 젊은이도.

그런데 이제 사람들은 피커딜리에서조차 물푸레나무 지팡이를 휘두르게 되었다. 어떤 이들은 모자도 안 쓰는 데다 다들 화장을 한다. 게다가 고결한 척 진지하기까지. 요즘 젊은이들은 너무 무모하다. 경주용 자동차를 몰며 혁명을 하겠다니. 장담컨대 써리 주에서는 클레마티스 꽃에서도 휘발유 냄새가 날 게다. 그리고 그곳의 구석을 보라. 장밋빛 붉은 벽돌이 분첩질 한 번에 영혼을 빼앗기고 있을 테니. 나 말고 누구도 손톱만큼 신경 쓰는 사람이 없구나. 아, 에드윈 숙부와 메이블 숙모가 있지. 그들은 이런 참상에 맞서 작은 촛불을 치켜든다. 우리는 그럴 수가 없지만 그들은 낡은 샹들리에를 갖고 와 우리 머리 위로 드리운다. 누누이 말하지만 누구든 접시를 깰 수 있다. 그러나 내가 찬양하는 건 한자리에 못 박힌 듯 꼼짝 않고 있는 오래된 도자기다.

그래, 나는 버넌 리[19]를 알고 있었다. 말하자면 우리에겐 별장이 있었던 것이다. 나는 아침 식사 시간 전에 일찍 일어났고 사람들로 붐비기 전에 미술관에 가곤 했다. 나는 아름다움을 흠모하지만…… 직접 그림을 그리진 않는다. 그래도 미술에 대한 안목은 월등히 높지. 화가들은 예나 지금이나 너무 편협해. 그들은 너무 중구난방이야. 프라 안젤리코[20]는 무릎을 꿇고 그림을 그렸잖아? 하지만 아까 말했다시피 나는 버넌 리를 알고 있다. 그녀에겐 별장이 있었다. 우리에게도 별장이 있었다. 그 별장 중 한 곳에는 우리 라일락과 비슷하지만 살짝 더 그럴싸한 등나무가 드리워져 있었고 유다나무도 있었다. 그나저나 켄징턴에 사는 이유가 뭘까? 이탈리아여야 하는데? 하지만 항상 느끼기론 나는 정말로 피렌체에 살고 있다. 정신적으로 말이지. 실제 삶에서도 우리는 정신적으로 살고 있다고 생각하지 않나? 한편 나는 아름다움을 추구하는 사람이기도 하다. 그 대

---

19 Vernon Lee 1856-1935, 영국의 여성 작가, 미술평론가. 일생의 대부분을 이탈리아에서 보냈다. 특히 피렌체.

20 Fra Angelico 1395-1455, 이탈리아 르네상스 화가. 피렌체파의 대표적인 화가이며 프레스코화로 유명하다. 본명은 귀도 디 피에로(Guido di Piero)

상이 한낱 돌멩이나 빈병 따위라 해도 말이지. 이유는 설명하기 힘들어. 어쨌든 피렌체에서는 아름다움을 사랑하는 사람들을 만났다. 러시아 공작도 만났다. 그리고 이름은 잊어버렸지만 사교계에서는 되게 유명하다는 사람도 만났지. 그리고 어느 날 별장 바깥의 도로에 서 있었는데 한 왜소한 노부인이 개를 끌고 다가왔다. 위다[21]였을지도 모른다. 아니면 버넌 리였나? 나는 그녀와 절대 말을 섞지 않았다. 그렇지만 아름다움을 사랑하는 나로선 어떤 의미에서 진정으로 늘 이런 느낌이 든다. 내가 버넌 리를 알았노라고.

---

21 Ouida 1839~1908, 영국의 여성 작가. 본명은 마리아 루이즈 드 라 라메(Marie Louise de la Ramee). 이탈리아 피렌체로 이주해 말년까지 이탈리아에서 살았다. 대표작으로 〈플랜더스의 개〉

'나는 단순한 사람 축에 들지. 뭐 구닥다리일 수도 있지만 변치 않는 것에 대한 믿음이 있어. 사랑, 명예, 애국심 같은 것 말이야. 그리고 당당히 고백건대 아내를 사랑하는 것에 대한 진정한 믿음이 있다고.'

그래, 당신들은 툭하면 '니힐 후마눔Nihil Humanum'[22]이라 중얼대지. 하지만 라틴어를 너무 시도 때도 없이 사용하지 않았으면 해. 돈을 벌어야만 하니까 – 우선 먹고는 살아야지. 그 다음엔 엉덩이를 붙이고. 앤 여왕이 가졌을 법한 가구 같은 데 말이야. 대부분 짝퉁이겠지만.

'내가 똑똑한 편은 아니야. 그렇지만 이건 내 입으로 말할 수 있지. 내 안에 분명 피가 흐른다고. 교구 목사님 하고도 편하고

---

22   고대 로마시대의 희극작가이자 시인인 푸블리우스 테렌티우스 아페르(Publius Terentius Afer)의 라틴어 희곡 〈Heauton Timorumenous〉에 있는 유명한 문구인 "Homo sum, nihil humanum a me alienum puto"를 뜻한다. "나도 인간이어서 인간적인 것은 무엇이든 낯설 리 없지."

맥주집 주인 하고도 편한 사이야. 술집에 가서 사람들하고 다트 놀이도 한다니까.'

그래, 당신은 중간에 있는 사람이야. 어중간한 그런 사람. 런던이라면 정장을 빼입고 시골이라니까 트위드를 입는 사람. 당신에게 셰익스피어나 워즈워스나 다 똑같은 '빌'이겠지[23].

'내가 분명히 말하는데 차가운 피를 가진 종자들은 정말 밥맛이야. 거기 사는……'

높은 수준이건 낮은 수준이건, 당신들은 온통 어정쩡하지.

'그리고 내겐 가족이 있고……'

그래, 당신이란 사람은 정말 많아. 어디에나 있지. 정원을 거닐

---

23 셰익스피어와 워즈워스의 이름은 윌리엄(William)이고 윌리엄의 애칭은 '빌'(Bill)이다.

면서도 배춧잎[24]에 뭐가 묻어 있는지를확인하는 속물들.[25] 아는 체하는 속물이 어린양들을 물들이지. 저 달마저도 당신들이 좌지우지하잖아. 당신들은 하느님이 들고 있는 낫[26]의 은빛 칼날조차(이 표현을 너그럽게 봐줘) 무디게 하고 녹슬게 하며 희미하게 만들지. 나는 적막한 바닷가 모래사장에서우는 갈매기에게, 그리고 아내가 있는 집으로 돌아가는 농장 일꾼들에게 묻지. 만일 식자연하는 속물들이 제멋대로 한다면, 중성만 있을 뿐이며 연인도 친구도 없다면, 우리는, 새들은, 남녀는 뭐가 되겠냐고.

'그래, 나는 단순한 사람 축에 들어. 뭐 구닥다리일 수도 있지만 당당하게 인정해. 나 같은 인류를 사랑한다고.'

---

24 원문은 '양배추에 묻은 저건 뭐지?' 정도의 의미이며, 양배추는 당시 속어로 '돈'을 뜻했다.

25 'middlebrow'. 버지니아 울프는 진정한 지식인을 뜻하는 'highbrow'와 자기 인생에 대한 순수한 관심에 몰입하는 대중을 의미하는 'lowbrow'는 모두 존경할 만하지만, 근거 없이 'highbrow'를 비난하면서 자신들의 얄팍한 지식으로 위해 그럴싸하게 꾸며대는 어중간한 'middlebrow'를 신랄하게 비판했다.

26 "또 내가 보니 흰 구름이 있고 구름 위에 인자와 같은 이가 앉으셨는데 그 머리에는 금 면류관이 있고 그 손에는 예리한 낫을 가졌더라".(요한계시록 14:14)

편집여담

독자를 위해
이 책의 기획과 편집 작업을 함께한
편집자들의 대화를 싣는다.

독자 여러분 무사히 다 읽으셨나요? 수고하셨습니다. 아직 읽기 전이라고요? 네, 편집여담을 읽으신 다음에 울프의 책을 읽어도 괜찮습니다. 울프와 함께 여행하는 문학 세계에서 모든 여정을 독자가 마쳤다고 가정하면서 두 편집자가 이야기를 나눕니다.

마담쿠: 이 책을 기획하게 된 이유는 이러했습니다. 공부하기 위한 문학 말고, 근엄하게 접근하는 문학 말고요. '우리만의 기준을 담은 문학과 철학'이 필요하다! 그러니 한 번 만들어 보자. 뭔가를 배우기 위해 억지로 읽는 게 아니라, 우리가 좋아서, 우리의 눈으로, 우리의 감각으로 고른 문학이요. 그렇게 해서 버지니아 울프의 〈여성의 직업〉이 중심이 된 이 책이 탄생했습니다. 작품을 하나하나 고르면서, 그리고 그에 맞는 에세이나 산문을 고민하면서, 울프라는 작가와 우리 독자 사이를 어떤 방식으로 연결할 수 있을까를 계속 생각하게 되더라고요. 편집하는 동안의 소회가 궁금하네요.

코디정: 우리만의 기준, 그래요. 문학을 바라보는 데 여러 관점이 있겠지만, 결국 문학은 '사람'에서 출발한다는 게 우리의 기준이었다고 할까요. 재미있는 소설을 읽으면 우리는 자연스럽게 그 작가에 대해 궁금해지잖아요? 다른 작품을 찾아보기도 하고, 어떤 독자들은 북토크에 참여해 직접 작가의 이야기를 듣기도 하고요. 저는 이렇게 생각했어요. 엊그제 읽은 현대 소설조차 재미있으면 작가가 궁금해지는데, 백 년이 넘게 이어져 온 글이라면?

그 명성이 백 년을 넘는 작가라면? 단순한 호기심을 넘어서 그 사람 자체에 대해 더 깊이 들여다볼 필요가 있었습니다. 그래서 의미 있는 작품뿐만 아니라 그 작가를 조금 더 가까이에서 들여다볼 수 있는 단편까지 함께 선택하게 되었어요. 작품을 편집하다 보니 자연스레 '이 사람의 목소리를 직접 들었으면 좋겠다'는 바람이 생겼고, 그 생각은 곧 산문을 함께 실어야겠다는 결정으로 이어졌습니다. 한 권의 책으로 버지니아 울프의 생애와 그녀의 문학 세계를 모두 담을 수는 없겠지만, 독자들이 이 작가를 알아가는 디딤돌을 정성껏 만들 수는 있지 않을까 생각했어요. 그런 점에서 울프가 강연의 형식으로 전한 이야기, 혹은 개인적인 사유가 담긴 글들은 작가의 스타일과 세계관을 직접적으로 보여주잖아요? 작가의 세계관을 독자에게 잘 전하고 싶었기 때문에, 때로는 유명세나 서사적 재미보다 그 사람의 생각이 더 잘 드러나는 글을 우선했습니다. 그러다 보니 이 책의 형식도 자연스럽게 단편소설과 산문을 한 권에 묶는 형태로 결정되었고요.

마담쿠: 맞아요. 예컨대 울프의 대표작인 〈자기만의 방〉을 읽은 독자라면 이 책에서 만나는 〈여성의 직업〉과 〈어째서〉를 통해 그녀의 생각을 더 깊이 이해할 수 있을 거예요. 혹시 이 책에서 〈자기만의 방〉이 없어 아쉬웠던 분들이라 해도, 그 작품과 맥락을 함께 하는 이 두 편의 강연문을 통해 그 세계를 충분히 유추하고 상상해 볼 수 있지요.

특히 〈여성의 직업〉에서 울프는 이렇게 말합니다. "여러분은 지금까지 남성의 전유물이었던 집에서 여러분만의 방을 차지했습니다. 크나큰 수고와 노력 없이는 힘들겠지만 집세를 낼 능력도 있습니다. 일 년에 오백 파운드를 벌고 있습니다. 그러나 이런 자유는 시작에 불과합니다." 그리고 이렇게 덧붙이지요. "이제 방은 여러분의 것이지만 여전히 텅 비어 있습니다. 그러니 방 안에는 가구를 갖춰야 합니다. 장식도 해야 하고요. 남들과 나누는 공간으로 만들기도 해야 하지요." 이 강연문은 1931년에 발표되었고, 이는 〈자기만의 방〉이 출간된 2년 뒤였어요. 그리고 〈어째서〉는 그보다 3년 후인 1934년에 나왔죠. 울프의 사상을 시간의 흐름 속에서 따라가다 보면 그녀가 무엇을 더 깊게 고민하게 되었는지, 어떤 언어로 더 정제했는지를 느낄 수 있어요.

코디정: 〈자기만의 방〉이 문학적 에세이 형식이라면, 〈여성의 직업〉과 〈어째서〉는 실제 강연을 바탕으로 한 글이기 때문에 좀 더 직접적이고 간결해요. 오히려 더 쉽게 다가갈 수 있지요. 읽는 분마다 느끼는 바는 다르겠지만, 이런 형식이 오히려 더 많은 생각을 끌어내는 데 도움이 되더라고요. 누군가는 울프를 탁월하다 느낄 수도 있고, 또 누군가는 부담스럽거나 불편할 수도 있을 거예요. 버지니아 울프라는 이름 앞에 따라붙는 수식어가 '페미니즘'이니만큼, 어디서든 가볍게 넘어갈 수 있는 주제는 아닐 테니까요. 그런 점에서 우리가 울프를

택한 건 자연스러운 선택이었어요. 비판과 해석이 가능한 작가, 단순히 '좋다'고만 말하기보다 '왜 이런가?'를 끌어낼 수 있는 작품.

마담쿠: 울프는 박인환 시인의 〈목마와 숙녀〉에도 등장합니다. "한 잔의 술을 마시고/ 우리는 버지니아 울프의 생애와…"라는 구절 말이에요. 실제 그녀의 글을 읽은 사람은 많지 않아도, 세대를 넘어 울프라는 이름은 여전히 기억되고 있어요. 명성은 있으나 인기는 없는 작가. 책방에서는 잘 안 팔려도 도서관에서는 백 년 넘게 살아남는 작가. 버지니아 울프는 그런 작가죠.

코디정: 네. 울프가 활동하던 시기는 여성에게 참정권이 주어진 지 얼마 되지 않았던 시기입니다. 미국은 1920년, 영국은 1928년이고요. 그 시대를 살아간 울프는 시대의 억압과 싸우면서도, 스스로를 해방시키는 데 집중했던 작가였어요. 조금 앞선 17세기 사람입니다만, 네덜란드 철학자 스피노자(1632-1677)는 〈정치론〉이라는 책의 마지막 장 '민주국가에 관하여'라는 부분 말미에서 이렇게 말했습니다. "여자는 본성적으로 남자와 동등한 권리를 가지지 못하고, 오히려 필연적으로 남자 아래에 위치해야만 한다"고 말이죠. 남녀평등은 있을 수 없고, 남자가 여자를 지배해야 하며, 평등은 평화를 크게 어지럽히는 일이라고 선언했죠. 스피노자처럼 철학이라는 이름으로 여성의 열등함을 주장하던 시대에, 울프는 그에 정면으로 맞섰던 목

소리를 낸 것입니다. 그 점에서 지금 우리가 울프를
다시 읽는 일은 충분히 의미 있다고 생각해요.

마담쿠: 저는 이 책에 실린 에세이 〈어째서〉를 읽으며 특히 울프의 정신 세계가 매우 단적으로 드러난다고 느꼈어요. 이 글은 1934년, 옥스퍼드의 서머빌 칼리지에서 여학생들을 상대로 진행된 강연에서 비롯된 작품이에요. 당시 옥스퍼드는 1920년부터 여학생을 받기 시작했지만, 캠브리지는 훨씬 늦은 1948년에야 여학생 입학을 허용했어요. 그러니 이 글은 시대적 맥락에서 매우 선구적인 문제의식을 담고 있는 셈이죠. 울프는 이 글에서 '대학교육'이라는 시스템 자체에 대해 근본적인 의문을 던져요. '왜 그렇게 권위적으로 가르치는가?', '왜 학문은 항상 위에서 아래로 흐르는 방식만을 고집하는가?' 하는 문제의식을 유쾌하게, 하지만 예리하게 풀어갑니다. 그녀는 말합니다. 좋은 책이 이렇게 많은데, 뭘 그리 권위적으로 강의하느냐고요. 그 책들을 가지고 평등하게 앉아 함께 읽고, 자유롭게 토론하면 되는 거 아니냐고요. 똑똑했던 한 여학생이 대학에 들어가더니 오히려 바보가 되었다는 식의 비유도 등장하지요. 그런 지적 방식은 어떤 면에서는 굉장히 유쾌하지만, 동시에 날카롭고 통렬합니다. 지금의 대학도 사실 당시와 크게 다르지 않잖아요? '교육'이란 이름으로 '취업'만을 준비시키는 구조, 질문이 사라진 교실. 그런 현실에서 울프의 이 글은 여전히 생생하게 유효한 울림을 전합니다. 저는 그래서 이 글이 버지니아 울프

가 얼마나 시대를 앞서 나간 사유의 주인공이었는지를 가장 단적으로 보여준다고 생각해요.

코디정: 네. 울프의 메시지는 유튜브를 통해 고급 콘텐츠를 쉽게 입수할 수 있는 오늘날 더 진하게 울리는 것 같아요. 〈어째서〉는 대학교육을 비판하는 글이긴 하지만, 그 전달 방식은 놀라울 만큼 부드럽고 절제되어 있어요. 누군가는 화를 내며 외칠 수도 있는 내용인데, 울프는 그 대신 은근하고 조용한 방식으로 접근하죠. '나는 이게 싫다'고 단언하는 대신, '왜 그래야만 하죠?'라고 묻는 식이에요. 저는 이런 방식이 맘이 좋아요. 그런 물음이 오히려 더 강하게 독자의 생각을 흔들어요. 또한 이 글에서 울프는 친구의 입을 빌려 말하듯 이야기를 풀어나갑니다. 직접적으로 선언하기보다는, 자연스럽게 흘러가듯 자신의 사유를 펼치지요. 단순히 주장하는 것이 아니라, 함께 생각해 보자는 방식. 그래서 '어째서(Why)?'라는 제목 자체가 긴 여운을 남기는 것 같아요. 울프의 정신적 깊이와 문체의 우아함이 동시에 느껴지는 산문이라고 생각합니다.

마담쿠: 〈여성의 직업〉도 인상적이었어요. 페미니즘에 거부감 있는 남자들도 부담 없이 읽을 수 있는 산문이랄까? 작가로 받은 첫 원고료로 페르시아 고양이를 샀다는 것, '집안의 천사'를 죽여야 창작이 가능하다는 이야기, 자동차를 사고 싶어서 소설을 썼다는 고백. 그 모든 서술에서 자유로운

정신이 느껴졌어요. 그녀에게 '자유'는 삶 전체를 관통하는 주제였던 것 같아요. 그 자유는 바깥세상과 싸우기보다는, 자기 안의 억압과 싸우는 방식이었죠. 약간 다른 이야기입니다만 울프의 가장 유명한 산문 〈자기만의 방〉은 1929년에 발표되었는데, 어느 날 그녀가 쓴 일기에 이런 이야기가 적혀 있었답니다. '목욕하다 완전히 새로운 이야기가 떠올랐다, 여성의 성에 관한 이야기. 제목은 〈여성의 직업〉이라고 정할 것이다. 〈자기만의 방〉의 속편이 될 것이다' 그러고는 진짜 흥분된다고 썼지요. 그러니 〈여성의 직업〉은 〈자기만의 방〉의 속편이라 할 수 있겠습니다. 짧고 진솔한.

코디정: 단편소설도 범위가 다양했어요. 〈유산〉으로 시작해 본다면, 불륜이라는 고전적 소재를 활용하면서도 드라마처럼 흥미로웠죠. 의식의 흐름이 주가 된 단편 소설 가운데에서 서사가, 그리고 감정의 흐름이 주가 되었던 거의 유일한 단편소설이 〈유산〉이었던 것 같아요. 반면 〈벽에 난 자국〉은 읽기 난해할 수 있지만, 시대를 앞선 느낌이 강했어요. 결국 '의식의 흐름'이라는 실험적 기법 때문인데, 독자는 줄거리나 인물 중심이 아니라 화자의 의식 흐름을 따라가야 하니 어려울 수밖에 없습니다. 편집부에서도 번역과 검수가 쉽지 않았어요. 리듬을 살리되 가독성도 챙겨야 하니까요. 결국 번역자와 편집자가 함께 땀을 흘린 작품이 되었지요. 게다가 이 작품을 통해 느낀 바도 있었어요. 이처럼 사건도 인물 사이의 관계도 없는 기법의 소

설에서는 보통의 번역보다는 '시적인 묘사와 진술'
로 번역해야 그 맛이 살아난다는 것을요.

마담쿠: 〈인류를 사랑한 남자〉도 흥미롭지 않았나
요? 인류애를 외치지만 실제로는 자기와 비슷한 사
람만 사랑하는, 그 이중성을 섬세하게 포착했죠.

코디정: 개인적으로 버지니아 울프의 지성과 통찰
력에 크게 놀랐습니다. 자기가 신봉하는 사상이랄
지 고상한 가치를 위해 헌신하는 삶을 사는 사람
들, 그런 사람들 중에는 자기와 다른 생각으로 인
생을 사는 사람을 속으로 깔보지만 실상 자기 자
신도 속물인 사람이 있거든요. 프리켓 엘리스는 정
말 인류를 사랑하는 사람이에요. 프리켓 엘리스가
표현하는 말을 듣고 그들의 생활을 보면 정말 인류
애가 있는 것 같아요. 정의는 프리켓 엘리스 것이
죠. 하지만 수많은 프리켓 엘리스가 생각하는 인
류와 제가 생각하는 인류가 달라서 당혹스러울 때
가 있습니다. 사람들이 프리켓 엘리스를 인정해 주
지 않거나, 프리켓 엘리스가 믿는 사상과 가치에
충돌하는 사람들을 만나면 그 인류애는 금세 적대
감에 휩싸이죠. 프리켓 엘리스들이 갖는 인류애는
그런 겁니다. 금방 혐오와 분노로 돌변하는 애정.
그러니까 이 세상의 모든 프리켓 엘리스는 자기와
비슷한 사람을 사랑하는 것이지 자기와 다른 사람
을 사랑하지는 않지요. 버지니아 울프는 멋진 통
찰력으로 그런 사람의 특징을 소설로 형상화해 낸
것 같아요.

마담쿠: 이 책에는 일곱 편의 단편이 수록되어 있고, 무지개처럼 일곱 편 모두 다양한 색채를 띠고 있어요. 그래서 읽고 나면 버지니아 울프를 페미니즘 문학이라는 범주로 규정할 수 없다고 생각해요. 〈견고한 것〉과 〈인류를 사랑한 남자〉는 여성의 시점이 아닌 데다 〈유령의 집〉은 죽음을 초월한 따뜻한 사랑의 정서를 말하고 있습니다. 〈초상〉은 미완성된 환영 같고요. 〈초상〉의 경우, 번역의 입장에서는 'Portraits'을 어떻게 번역할지부터가 문턱이었어요. 일반적으로는 '초상'로 번역하지만 이 단어는 어떤 대상을 생생하게 묘사한다는 의미도 있습니다. 그래서 그림을 뜻하는 '화'라는 글자를 버리고 〈초상〉이라는 낱말을 택했지요. 이것은 미발표 원고였는데, 1985년에 다른 단편과 함께 출간됐습니다. 읽으면서 어쩌면 그녀가 어떤 꿈을 꾼 게 아닌가 하는 생각도 했어요. 언젠가 여러 꿈을 꿨을 테고, 그 꿈속에 나오는 인물과 상황과 심리를 글로 옮겨 놓은 게 아닌가 하는…… 실제 어떤 인물에 대한 소설적인 묘사였는지도 모르죠. 울프 생전에는 밑그림 정도의 소설이라서 세상에 늦게 나온 건지도 모릅니다. 그녀의 남편 레너드 울프 또한 그렇게 생각해서 살아 생전에는 발표하지 않았을지도 모르고요. 남편 이야기가 나와서 말인데, 버지니아 울프의 남편 레너드 울프 (1880~1969)는 그녀가 작가로서 마음껏 창작할 수 있도록 헌신적으로 곁을 지킨 인물이었어요. 그 자신도 작가이자 정치 사상가였고, 블룸즈버리 그룹의 일원이었지요. 레너드는 출판인이 되어 '호

가스 출판사'를 함께 운영했고, 버지니아 울프의 책을 직접 출간했지요. 결국 그는 글을 쓰는 사람 옆에서 출판이라는 실질적인 기반을 마련해준 후원자였던 셈이에요.

코디정: 울프는 생의 마지막 순간에도 남편을 걱정하며 유서에 사랑과 감사를 표현했습니다. "나를 구할 수 있는 사람은 당신뿐이었어요. 하지만 나는 더 이상 당신의 삶을 망치고 싶지 않아요."

마담쿠: 그녀의 죽음을 기리는 의미로, 이 책의 표지에는 현대미술가 이완 작가의 작품이 실려 있어요. 강물에 몸을 던져 생을 마감한 울프의 마지막 장면이 상징적으로 담겨 있지요. 어릴 적부터 우울증과 환청에 시달려온 그녀의 삶을 떠올리면 마음 한구석이 아려오기도 합니다. 예민한 감각과 깊은 지성을 지녔기에 더 고통스러웠던 삶이 아니었을까, 그런 생각도 들고요.

코디정: 그럴 수도 있죠. 하지만 저는 '버지니아 울프의 생애'를 비극적이었다고 단정할 수는 없다고 느껴요. 그녀는 상류층 지식인 가문에서 태어나, 풍부한 독서 환경 속에서 자랐고, 누구보다 일찍 여성으로서의 자립을 실현했어요. 스스로도 최고 수준의 지식인이었고, 동시대 최고의 지성들과 어깨를 나란히 하며 활동했지요. '의식의 흐름'이라는 새로운 문학 형식을 개척했고, 당대 영국 문학을 대표하는 작가 중 한 명으로서 수많은 걸작

을 남겼어요. 문학적 생산성만 보더라도 매우 뛰어난 작가였죠. 그녀의 남편은 독보적인 조력자가 되어 그녀의 삶과 창작을 전방위로 뒷받침해줬고요. 정신 질환이라는 큰 짐을 짊어진 파트너를 곁에서 지지하며, 끝까지 함께한 그의 헌신은 정말 특별한 사랑의 모습이었다고 생각해요. 아내가 죽은 후 그녀의 글을 옮기고 다듬어 세상에 남긴 사람 또한 남편이었으니까요. 그런 작업은 결코 쉽지 않지요.

마담쿠: 덕분에 우리는 지금도 울프라는 인물이 남긴 정신과 사유를 함께 누리고 있어요. 우리가 그녀를 읽으며 느낀 것은, 삶을 꿰뚫는 사유의 깊이였지요. 이 책을 통해 독자들도 그런 점들을 고스란히 느끼길 바랍니다.

CREDIT

PROFESSIONS FOR WOMEN (1931) | WHY? (1934) | STREET HAUNTING: A
LONDON ADVENTURE (1930) | A HAUNTED HOUSE (1921) | THE MAN WHO
LOVED HIS KIND (1944) | SOLID OBJECTS (1920) | | THE MARK ON THE WALL
(1917) | THE LEGACY (1944) | THE LADY IN THE LOOKING-GLASS (1929) |
PORTRAITS (1985)

여성의 직업 | 버지니아 울프 | (번역) 정미현 | 버지니아 울프가 쓴 원작은 모두 퍼블릭 도
메인입니다. 그러나 한국어 번역문은 이소노미아 출판사가 저작권을 보유합니다. | (편집)
마담쿠, 코디정 | (디자인) 구희선 | (예술참여) 이완 | (펴낸곳) 도서출판 이소노미아 | 서

울시 종로구 율곡로 2길 7, 서머셋팰리스 303호 | (펴낸이) 구명진(h.ku@isonomiabook.com) | 문의사항은 이메일로 보내주세요.